篠笛五人娘

十手笛おみく捕物帳　三

田中啓文

集英社文庫

目次

本書は、「集英社文庫公式ｎｏｔｅ」二〇二四年八月に配信された「篠笛五人娘」と、書き下ろしの「刀を抜かないのはなぜ？」「一九郎親分捕物帳」で編んだオリジナル文庫です。

扉イラストレーション／おおさわゆう
本文デザイン／Ｂａｌｃｏｎｙ（木村典子）

篠笛五人娘　十手笛おみく捕物帳　三

ぴーひゃら

その一　篠笛五人娘《しのぶえごにんむすめ》

（ここはどこだ……）

目覚めてすぐに「王」は自分の周囲を見回した。暗いのでよくわからない。「王」は自分の「気」を触手のようにうねうねと四方に伸ばし、身の回りを探った。

（なんと……ここは異国か！）

どうやら眠っているうちに異国に運ばれてきたらしい。狭苦しい場所から外に出ようとしたが、身体《からだ》が言うことをきかない。

（そうか……忘れていた……わしは呪《じゅ》をかけられたのだった……）

「王」は沈鬱な思いに浸った。かけられている呪いの力は相当なものだった。

（まさかあの連中にわしを緊縛するほどの力があろうとは……あなどっていたために後れをとったわ）

「王」は身じろぎをすると、

（だれかがわしに手を触れ、息を入れてくれれば、しばらくのあいだは外に出られるが、長くはもたぬ。志を同じゅうするものと手を結び、なんとかこの封印を解けぬものか……。しかし、かかる異土において、そのようなものがおるとも思えぬ……）

「王」は自分の「気」をできるだけ細く、長くして、何万本も周辺に伸ばした。目には見えぬ糸だが、見る能力《ちから》があるものが見たならば、巨大な蜘蛛《くも》の網のように思えたはずだ。

そして、「王」は知った。すぐ近くに彼の同志になりそうな相手がひとりだけいることを。

（しめた。こやつと手を結べば、ここから出ることはおろか、この地を支配することもできようぞ。あの国のやつら……わしほどの偉大なものをかかる汚らわしき場所に閉じ込めるとは許せぬ。かならず自由の身となってあの国に還御し、無能な領主どもを全員わしの足下にひれ伏せさせてやる……！）

そのうち、糸の一本が「あるもの」に触れた。

（この国にも、力を持つ鬼神がいるではないか……）

納得した「王」は伸ばしに伸ばしていた忌まわしい糸のすべてを回収すると、黒く、狭き場所の王座にぐったりと身体を横たえた。

一

月のまわりに雲が綿のように薄くからみついて流れていくので、白い光が明滅しているように見える。ここ高津五右衛門町《こうづごえもんちょう》は東横堀《ひがしよこぼり》と道頓堀《どうとんぼり》が交わる場所なので、左右から水音が聞こえてくる。

ちょうど東横堀と道頓堀が交わるあたりに、「宝岩堂《ほうがんどう》」という看板をあげた大店《おおだな》があった。大坂でも有数の唐物問屋《とうぶつどんや》（舶来品を扱う問屋）である。大坂の唐物問屋は伏見町《ふしみまち》に集中しており、五軒問屋と呼ばれる株仲間が牛耳っていたが、宝岩堂はそれらに次ぐ地位を占めていた。

ふたつの影がこの店の裏口のまえに立った。ひとりは背がやたらと高く、もうひとりは低い。ふたりとも頬《ほお》かむりをしており、紺色の着物の裾をからげている。高い方が低い方に言った。

「凡太《ぼんた》、さあ、やろか」

「なにをじゃ？」

凡太と呼ばれた男はきょとんとした。

「なにを、て……この塀を乗り越えるに決まってるやろ」

「源次《げんじ》の兄貴、梯子《はしご》なんか持ってきておらんぞ」

「そんなもん抱えて盗人《ぬすっと》できるかいな。打ち合わせしたやろ、おまえがわしをちちくま（肩車）するのや」

「ははは……そじゃったそじゃった。わしは盗人の新米ゆえ、なんでもちゃんと教えてくれんと困るぞ」

「昨日今日盗人になったわけやあるまい……と言いたいけど、親方のところに弟子入りしたのが一昨日《おととい》やさかいな、マジの新米や。あー、なんでこんなやつ連れて盗みに入らなあかんのやろ……」

　凡太は相撲崩れである。力は強いが技を覚えられず、とうとう部屋を追い出され、行くところがなくて盗人の一味に入ったばかりなのだ。体重も兄貴分の源次の三倍はありそうな巨体である。

「そうボヤくな。ボヤいたら白髪が増える、と言うぞい」

「賭場の借金さえなかったら、こんな危ない橋は渡りとうない。けど、ケツに火がついてるさかい、おまえみたいなド新米連れて仕事せなしゃあない」

　凡太の肩に兄貴分が乗り、なんとか塀のうえに上がった。凡太が下から大声で、

「兄貴！　兄貴はよいが、わしはどないなるのじゃ！　つぎはわしの番ゆえ、降りてきて、わしを肩車してくれ！」

「あ、アホ！　静かにせえ。遊びにきたんとちがうぞ。盗人しにきとるのや」

「そんなことわかっとる。けど、肩車……」

「せっかく塀に上がったのになんでまた下りなあかんのや。それに、おまえみたいな図体《ずうたい》のやつ肩車できるかい！　わしがなかから鍵開けたるさかい待ってろ」

「ああ、それやったらええわい」

兄貴分が塀の内側に飛び降りたらしい「とん」という小さな音が聞こえた。虫の声がふっと消えた。やがて、裏口の戸が開いた。凡太は喜色満面に、

「ごっつぁんです！」

「静かにせえ、て言うてるやろ！」

広い庭をふたりは忍び足で横切ると、六つある蔵のうちの一つで立ち止まった。

「ひいふうみい……まちがいない。これが六番蔵や」

兄貴分がつぶやいた。なぜか六番蔵だけが母屋からかなり離れた場所に建っている。これはふたりにとって好都合だった。物音が店のものたちの耳に届きにくいからである。これなら少々音を立てても大丈夫だろうが、安心は禁物である。

開き戸に取り付けられた錠前は全部で五つある。どれも「阿波《あわ》錠」という堅牢《けんろう》な大型錠である。兄貴分は周囲を見回してだれにも見られていないことを確かめると、ふところから針金を出して、錠前の鍵穴に差した。音を立てないようにしばらく作業していたが、

「兄貴……源次の兄貴！　早《はよ》うせんとだれかが来たら一大事じゃで」

「わかっとる。横からぐちゃぐちゃ言うな。親方が言うてはったみたいに、この錠はちょっとやそっとの腕では開けられへん。わしでも……これはなかなか……うーん、手ご

わいなあ」

「あきらめて帰ろうか。帰って、レンコンをアテに酒でも……」

「アホ！　ここまでやってすごすご帰れるか！　ぜったいに開けてみせる」

兄貴分は何度も針金を突っ込んではこねまわしていたが、やがて、かちゃりと音がして錠は外れた。凡太が、

「お見事！　名人！　日本一！」

兄貴分は額の汗を拭った。腕で開けたのではない。たまたま開いたのだ。

「頼むから静かにしてくれ！」

しかし、錠はあと四つある。兄貴分はため息をついた。

このふたりが宝岩堂、それも六番蔵に狙いを定めたのは、盗人仲間との会話がその理由だった。数日まえに盗人の「やけくその平兵衛《へいべえ》」親方の家に五、六人の手下《てか》たちが集まって飲んでいたとき、その親方のやけくその平兵衛が言った。

「おまえら、高津五右衛門町の宝岩堂ゆう唐物問屋を知っとるか」

皆、盗人だけあってうなずいた。

「ずいぶんまえにわしはあの店に目ぇつけたのや。あそこの手代をしてたゆう男とたまたま知り合《お》うたさかい、酒をさんざん飲ませて、なかの様子をいろいろ聞き出したのやが……不思議なことがひとつあってな」

やけくその平兵衛は剛毛の生えた太い腕を組んでそう言った。「やけくそ」のあだ名の由来は、すぐに自暴自棄になるから……ではなく、彼が厠《かわや》に入っているとき捕り方に囲まれた。平兵衛は厠に火をつけて火事を起こし、そのどさくさにまぎれて脱出した。そのとき周囲に猛烈な臭気が漂ったからである。

「そいつが言うには、一番蔵から五番蔵まで毎日のように丁稚《でっち》が開け閉めして、品物を出したり入れたりしとる。ところがどういうわけか六番蔵だけは、いっぺんも蔵の戸を開けたところを見たことがない、と言うのや。妙な話やろ」

「うーん、よほど大事な品物ばかり入ってる、ゆうことやおまへんか」

「六番蔵には丁稚も手代も入ったことない、そのために雇われとる専任の女子衆《おなごし》が日にいっぺんだけ入るけどほかのもんは絶対に入られへん、旦那の言いつけらしい。六番蔵だけ、入り口の扉に大きくて頑丈な阿波錠が五つもついとって、それを朝、女子衆がひとつずつ鍵で開けていく。店のもんのあいだでは『開かずの蔵』と呼ばれとるらしいわ」

「ふーん、たいそうだすな。旦那も入りまへんのか？」

「旦那はしょっちゅう入ってる。せやからほんまは『開かずの蔵』というほどでもないんやけど、奉公人はあかんのや」

「番頭は？」

「番頭はたまに入るらしいけど、すぐに出てくるらしい」

「旦那と女子衆ひとりと番頭だけしか出入りできん蔵か。おもろおまんな」

「そやろ？　係の女中も、ほかの女中より給金はかなり高いらしいけど、どういうわけかしょっちゅう出替わりして、居つかへんそうや」

「給金は高いし、仕事は日にいっぺん六番蔵に入るだけなら、ずっといた方が得やおまへんか」

「そのあたりのことはようわからんが……わしが思うにあそこの蔵には高価なだけやのうて、ひとに見られたら困るようなもんがしまってあるのやないかな……」

やけくその平兵衛の読みはこうだった。唐物問屋である宝岩堂は長崎で異人船からさまざまな品を買い付け、大坂に運ぶ商売である。富豪や大名から注文された美術品、学者から注文された書籍や地球儀、道修町《どしょうまち》の唐物薬種問屋から注文された船来薬など仕入れる品物は多岐にわたっているが、長崎奉行にその内容を事前に提出し、許可を受ける必要がある。

しかし、南蛮船の船員と結託して彼らに禁制品を個人的に持ち込ませ、それを無許可で売買するいわゆる「抜け荷買い」が横行していることも周知の事実である。公儀の許しを得ていないので、逆に言うと、どんな品でも入手できることになる。お縄をちょうだいする覚悟があれば、である。

「つまり、あの蔵に入ってるのは抜け荷の品、ゆうことだすか」

「そやないか、とわしは踏んどる。でないと、そんなに隠さへんやろ」

「こないだ、ほれ……青島屋《あおしまや》の一件があったさかい、どこもしばらくはおとなしゅうしとるのとちがいますやろか」

先日、青島屋という廻船問屋《かいせんどんや》が行っていた大規模な薬種の密輸が発覚し、首謀者は召し捕られた。舶来の希少な品々は私腹を肥やそうという連中にとってはボロ儲《もう》けの種である。お上の取り締まりがちょっとやそっと厳しくなったぐらいでは、なかなか利権を手放す気にはなれないだろう。廻船問屋、唐物問屋、薬種問屋……そういった店は抜け荷の舞台になりやすいのである。

「だから、抜け荷した品ものは市場に出しにくい。それで、蔵にしまい込んであるのや」

「なるほど、今が狙い時ゆうことでやすな」

「けど、あそこの六番蔵にはもうひとつ気色悪い噂《うわさ》があるそうな」

やけくその親方は煙管《きせる》で一服吸い付けると、

「夜中にときどき笛の音みたいなもんが聞こえるらしい」

「それは蔵のなかからでやすか、外からでやすか」

「そこまで知るかい。なんともいえん妙ちきりんな節回しの笛やそうやわ」

「そこらのガキか店の丁稚が、草笛かおもちゃの笛で遊んでるんとちがいますか」

「夜中にか？」

「…………」

　やけくその平兵衛は一同を見渡すと、

「わしはもう手を引く。どうも嫌な予感がするさかいな。――どや、おまえらのなかに、宝岩堂の五つの阿波錠のついた蔵の戸を見事に開けて、なかのお宝を盗み出す気概のあるやつはおらんか」

　皆、下を向いてしまった。合鍵がなければ阿波錠を開けるのは至難の業である。熟練の盗人でもひとつ開けるのにかなりの時間を要するだろう。それを五つというのだから、朝までかかるかもしれない。見回りなどに見つかってしまう可能性が大である。しかも、不気味な笛の音がつきまとっている……。

「なんじゃい、どいつもこいつも腰抜けばっかりやな。おまえらには盗人としての誇りちゅうものはないのか」

「親方にはおまんのか？」

「もちろんや。――けど、近頃太り過ぎで、塀に登れんさかいやめとくわ」

　そう言うと平兵衛は豪快に笑って酒をあおった。それをきっかけに、話題は宝岩堂から離れていった。

そんななかでひとりの男が腹をくくった。「祟り目《たため》の源次」である。盗人としての腕はまあまあだが、博打《ばくち》好きが玉に瑕《きず》、しかも、丁と打てば半と出る、半と置けば丁が来る……と勝った例《ためし》がない。なにをやっても弱り目に祟り目になる不運さから「祟り目」のふたつ名がついたのだ。しかし、ひとりで土蔵破りはできぬ。相方が必要だが、不運に巻き込まれたくない盗人仲間から総すかんを食い、しかたなく「ド新米」の凡太を相方にすることにしたのだ。

「あと四つ……兄貴、頼むぞい」

源次はつぎの錠に針金を差し込んだ。しかし、そう度々僥倖《ぎようこう》はなく、今度は開かない。凡太がいらいらと背後を振り返りながら、

「急がんと見つかるぞ！」

「やかましい！　わしかて一生懸命やっとるんじゃ！」

源次の額からはこの寒気にもかかわらず汗が滴っている。

「いっぺんわしにやらせてくれんか」

源次はせせら笑い、

「ドアホ。盗人になってまだ三日のおまえに錠開けができるか。これは長年の修練で培った指先と耳の……」

「ええ、まどろっこしい！」

凡太は残りの四つの鍵を一度に摑《つか》むと、むりやり引っ張った。

「お、おい、無茶するな……」

源次がそう言ったとき、

「えええいっ！」

驚くべし、凡太は金剛力で戸から錠をばりばりとむしりとった。

「兄貴、これでどうじゃ？」

いくら阿波錠が頑丈でも、それをとりつけてある戸から引きはがされてはなんの役にも立たない。それも、四つ同時にだから源次は声が出なかった。

（なんちゅう馬鹿力や……。こいつ……あんまり逆らわんとこ……）

そう思って猫なで声を出し、

「――さあ、入るで」

夜の冷気のなかで開き戸を開けた。蔵の戸は二重になっていることが多い。「戸前《とまえ》」と呼ばれるこの開き戸のつぎに「裏白戸《うらじろど》」という引き戸がある。その両方を開けて、ふたりはそっとなかに入り込んだ。

なかはかび臭い。しかし、それだけではなく、なんとも形容しがたい生臭いような独特の匂いが漂っている。源次は戸を閉めた。

「真っ暗やな……。鼻をつままれてもわからんわ」

源次がそう言うと、凡太が顔に向かって手を伸ばしてきた。

「な、なにするねん」

「兄貴が、臭いから鼻をつまんでくれ、と言うたゆえ……」

「そうやない。真っ暗なことを『鼻をつままれてもわからん』と言うのや。けど……ほんまに臭いなあ。嗅いだことのない臭いや」

ふたりは暗がりを泳ぐように進んだ。

「薄気味悪いのう……足ががくがくしてきたわい」

源次は舌打ちして、

「親方が言うてはったやろ。おまえには盗人としての誇りはないのか。盗みに入るときはもっとしゃきっとせえ」

「すまんこって……」

ちゅ、ちゅ、ちゅ……という声があちこちから聞こえてくるのは、おそらくネズミが鳴いているのだろうと思われた。

「蔵なのにネズミがおるとは不用心やな」

米蔵はもちろんのこと、普通、蔵というのは商品をネズミにかじられないように、「戸前」と「裏白戸」のあいだに網戸がある。内部にネズミがいるような蔵は蔵の役には立たぬ。

ちゅ、ちゅ、ちゅ、ちゅ、ちゅー……。

ちゅ、ちゅ……。

かなりの数である。源次は次第にぞわぞわしてきた。

「こ、この蔵……ネズミが多すぎるのとちがうか……」

そう言いながら、源次は手燭《てしょく》に火をつけた。ぼんやりとした明かりが四方を照らした。それを頭のうえに持ち上げるようにして蔵のなかを見る。明かりに追われるようにしてネズミたちが逃げていく。三段の棚が作ってあって、そこにつづらのようなものがいくつも並べられている。

「兄貴……兄貴！」

「な、なんや」

「変な音せんかのう」

「ふ、笛の音か……？」

「ちがう……なんかその……うう……うしゃああっ、みたいな……」

「なんじゃそれ？」

「野良犬が唸《うな》ってるような声や」

源次は耳を澄ました。

「なにも聞こえへんぞ。ただでさえ心地悪いのや。妙なこと言わんといてくれ」

「ぶひゃああっ」

「またかいな。今度はなにや」

「へ、へ、へ、蛇じゃ……」

源次は凡太の足もとを照らした。小さなアオダイショウが踏みつけられてじたばたしている。

「なんじゃい。ミミズみたいにちっこい蛇やないか。こういう蔵にはよう棲《す》みついてるのや。逃がしたれ。でかい図体していちいち大声立てるな。盗む品を決めなあかん」

「そんなことわしもわかって……うわあっ。また蛇がおる。今度は二匹じゃ」

源次は呆《あき》れて、

「その口に手ぬぐい丸めて突っ込んどけ」

そうは言ったが、たしかに蛇の多い蔵ではある。

（ネズミを狙《ねろ》うて入り込んでくるのやろか……）

小さな蛇ならば、明かりとりの窓や風通しの空気穴、屋根裏などから侵入するのも容易だろう。そんなことを思いながら源次はつづらをひとつずつ開けていった。しかし、そのたびに失望を味わった。なかには枯れた草や木の枝などが入っているだけなのだ。

（これはみんな、値の高い薬草かなにかやろか。ただの枯草に見えるけど……薬屋か医者ならともかく素人には値打ちがわからんなあ……）

苦労して忍び込んだのに収穫なしでは物笑いになる。かなり時間も経過している。源次は焦って、つづらをつぎつぎと開けていった。

（お……！）

長方形の木製の箱のなかに入っていたのは、見たこともない細くて黒い棒だった。長さは二尺（約六十センチ）以上もあろうか。材質はおそらく木だと思われるが、内部は空洞らしい。ところどころに穴が開いている。はじめは杖《つえ》か棒術に使う武器かと思ったが、よくわからない。篠笛《しのぶえ》によく似ているが異国の文字のようなものが全体に刻まれているから、南蛮渡来の品だろう。源次は、

「しょうもな。ただの木の笛かい。けど、異国の笛やったら案外値打ちもんかもしれんな」

「なんじゃいそれ」

「わからん。もしかしたら能管《のうかん》みたいなもんかもしれんな。おい、ほかにもっとないか探せ！」

凡太に向かってそう言いながら、源次はその棒状のものを掴んだ。その瞬間である。

「あへっ……」

源次は呻《うめ》いた。棒を手で掴んだ、と思ったのだが、なぜか棒の先が手になって「自分が摑まれた」ような気がしたのだ。それと同時に、地の底からゆっくりと湧き上がって

くるようなおぞましい「なにか」が棒から彼の身体に染み込んできたので、源次は思わず棒を放した。

「兄貴、どないしたんじゃ？」

「な、なんでもない。おまえは早う探せ！」

源次は右手で棒を拾い上げると、左手の手燭をぐいとまえに突き出した。なにかが聞こえた。


ううう……うしゃあっ……

うう……う……ぷしゃああっ……


凡太が言っていた声だ。たしかに犬の唸り声のようでもある。

立ちすくんでしまった源次は、手燭を大きく弧を描くように回して周囲を照らした。

（なんやねん、これ……）

なにもいない……なにも……。

突然、その明かりのなかに下から「なにか」が伸びあがってきた。それは「顔」だった。源次と接吻《せっぷん》するほどの近さだった。「顔」といっても普通の顔ではない。まん丸いふたつの目玉に、長く垂れさがった鼻……「へのへのもへじ」を下手《へた》くそに描きなぐったようなものだった。しかも、肌はぶつぶつした粟粒《あわつぶ》のようなものでびっしりと覆われている。そして、首はやたらと細い。

「ぎゃおえーっ！」

跳び上がった源次が蔵の出口に向かって駆け出したとき、なにかにぶつかった。柔らかいものだった。おそるおそる手燭を近づけてみると……若い男が寝そべっていた。顔は真っ青で、まるで血の気がなく、肌に触ると氷のように冷たい。

「し、死んでる……」

源次はふたたび悲鳴を上げ、手燭を放り出して蔵から走り出た。死体に気づかなかった凡太が、

「うははは……なんじゃい、兄貴の方がでかい声出しとるやないか。それに火の始末もせんと……危ないのう。火事になったらどうする気じゃ……」

ボヤキながら手燭の火を踏み消そうとしたとき、彼の目のまえにゆらりと「顔」が現れた。

「ふーぎゃあああーっ！」

凡太も源次のあとを追って蔵から飛び出した。もちろん戸など閉めている暇はない。ふたりは転がるように路地を抜け、大通りに出た。

「顔や……！」

走りに走った。

「か、か、顔……！」

盗人としての誇りもなにもかも捨てたふたりは、悲鳴を上げながら隠れ家を目指して走りに走った。

二

「さあーっ、美味《おい》しい美味しい笛吹き飴《あめ》やで！　お子たちがなめたらほっぺが落ちるし、おとなが噛《か》んだら勝負事の運がつくでえ！」

篠笛を手にしたみくは満面の笑みで甲高い声を張り上げると、背筋を伸ばし、歌口《うたぐち》を口に当てた。

ぴーーーーーっ
ぴーひゃららら
ぴっ、ぴきぴきぴきぴき、ひゃらるりら
ららら……ららら……ららら……

涼しそうな笛の音が境内に鳴り響いた。ここは、みくの住む月面町《つくもまち》からもほど近い今《いま》宮《みや》村の「今宮戎神社《いまみやえびす》」である。通称は「えべっさん」。みくは今日、この神社を商いの皮切りに選んだのである。

みくの表稼業は篠笛作りと飴売りだ。かたわらに置かれた大きなつづらのなかには、赤、白、黄色、べっ甲色、緑、黒……いろとりどりの美味しそうな飴が詰まっている。みくは祭《まつ》り囃子《ばやし》の旋律をひとしきり吹いたあと、腰に下げた当たり鉦《がね》を景気よく鳴らしながら踊り出した。だれもみくの方を見ないが、ここでくじけていては商売にならない。

この飴なめたら
あっというまに
口のなかがお祭りや
ぴっぴっひゃらひゃら
ぴーひゃらら
憂さも忘れてお祭りや
甘《あも》うて美味しい
またなめたい
買《こ》うてや買うてや
大坂一の笛吹き飴や

買うてくれたら愛嬌《あいきよう》に
笛をひと節奏でます
どんな曲でも吹きまっせ
ぴっぴっひゃらひゃらひゃら
ぴーひゃらら
晴れても飴でも
ぴーひゃらら

飴売りの競争はなかなか熾烈《しれつ》で、唐人《とうじん》の恰好《かっこう》をしてでたらめな唐《もろこし》の歌を歌ったり、頭のうえに蠟燭《ろうそく》を立てたり、女装をしたり……皆、子ども（飴売りの客のほとんどは子どもである）の興味を惹《ひ》くためにさまざまな工夫を凝らした。そんななかでみくが考え出したのが「笛吹き飴売り」である。

客寄せに楽器を使う飴売りはほかにもいるが、篠笛職人だった祖父や父親の影響で、幼いころから篠笛を吹くのが好きだったみくは、一度聴いた曲はすぐに吹くことができた。飴を買ってくれた客への「おまけ」として、「○○を吹いてくれ」と言われたら、知ってる曲ならただちに吹いてみせる。知らない曲でもそれっぽく適当に吹く。店を持たない担いの飴売りを続けているうちに、そういう度胸が身についた。今では、みくの笛を聴きたいばっかりに飴を買いにくる常連もいるほどだ。なかには「俺も吹きたい」といって篠笛を買ってくれる客もいた。

篠笛は一本作るのに手間がかかるし、値も高いのであまり売れないが、飴なら毎日少しは売れる。今ではこの飴の細々とした売り上げが、みくと母親ぬいのふたりの暮らしを支えていた。

ぴっぴっひゃらひゃら
ぴーひゃらら
病《やまい》もビンボも吹き飛ばす
運つくテンツクまたなめたい
憂さも忘れてお祭りや
買うてくれたら愛嬌に
笛をひと節奏でます
どんな曲でも吹きまっせ

じつはこの数日、雨天が続き、みくは飴売りに出られなかった。「出商い《であきな》」のものは雨に降られると商売を休まざるをえない。つまり、無収入になるのである。今日は曇っ

てはいるが、やっと雨は上がった。今朝、家を出るとき病床のぬいに、

「行ってきます！」

「えらい力こぶ入ってるなあ。あんまり無理しなさんなや」

「大丈夫！　ここ何日かの分を取り戻さなあかん。稼いで稼ぎまくるつもりやねん。いざ出陣！　えいえい……おう！」

笛どころか法螺貝《ほらがい》でも吹こうかという気合いで商いに臨んだのだ。しかし、どういうめぐり合わせか、今日はみくがいくら力んで踊り、歌い、笛を吹いても、寄ってくる客はいなかった。今宮戎は一月の九日、十日、十一日の三日間は「十日戎《とおかえびす》」といって、商売繁盛を願う大坂中の欲の深い善男善女が押し寄せ、福笹《ふくざさ》や吉兆を奪い合ってたいへんなにぎわいとなるが、それ以外の日は閑散としている。今、境内には子どもが数人手まりを突いて遊んでいるだけだ。

（せっかく出陣したのに……しゃあないな。廣田《ひろた》さんにでも行こか……）

廣田神社はえべっさんのすぐ北にある。四天王寺《してんのうじ》の鎮守であり、境内は広く、周囲を深い森に囲まれている。境内には茶屋が二軒あり、普段でもそこそこの数の参拝者がいる。

（朝から景気悪いなあ……。この広い大坂に、うちの飴を買うたろか、というもんはひとりもおらんのかいな。どこぞの大店のご主人が、「よっしゃ、あんたとこの飴、百個、

わしとこがもろた！」て言うてこんやろか）

そんなアホなことを考えている自分が情けなくなってきた。うなだれたみくがつづらを背負おうとしていると、

「お姉ちゃん……！」

元気そうな声が後ろからかかった。振り向くと、そこには四人の女の子が立っていた。さっきまで手まりで遊んでいた子どもたちだ。歳《とし》は十歳ぐらいだろうか。近所の長屋の子でもあろうか、着物もつんつるてんだが、破れたりはしていない。

「なんか用か？」

みくが言うと、四人はきょとんとして、

「お姉ちゃん、飴屋やろ？　飴買いにきたんやけど……」

みくは破顔一笑した。

「そやったそやった。忘れてたわ。うちは飴屋やった。ははは……お客さんかいな。飴、いくついる？　百個か？」

先頭の子が、

「そんなに買えるかいな。ひとり一個や。選んでええ？」

「好きなん取りや」

四人はそれぞれ好みの飴を選ぶと、みくに銭を渡し、口に放り込んだ。

「あはは……美味しいわ」

「ほんまや。この黄色くて甘酸っぱいの、めちゃ好き」

「ガリガリって嚙みたくなるけど、そんなことしたらすぐになくなるさかいなあ……」

「口のなかでロレロレ……転がしてたら、美味しい唾が湧いてくるわ」

四人はキャキャキャキャキャ……と笑いながら飴を楽しんでいたが、ひとりが言った。

「その笛って吹いてくれるん？」

「買うてくれたお礼や」

「どんな曲でもええの？」

「なんでもござれや」

「ほな、わては……『うさぎうさぎ』にするわ」

「わては『とおりゃんせ』……」

「わては『ずいずいずっころばし』がええな」

皆は口々に自分の好きな曲をあげ、みくは片っ端からそれを吹いた。

「うわあ、お姉ちゃん、すごいなあ」

「なんでも吹けるんやな」

みくは照れて、

「そんなことあらへん。こんなん簡単や。だれでもちょっと稽古したら吹ける」

「へー、わてらでもできるやろか」

「もちろんや。真面目《まじめ》に稽古したらこんな曲ぐらいなんぼでも吹けるようになるで。

——えーと、あとひとり残ってるなあ」

「わてや。わては……『天満《てんま》の市』がええな」

「ああ、うちも好きな曲や」

「天満の市」というのは、天満橋《てんまばし》近くにある青物市場のことを歌った子守歌である。みくは歌口を唇に当てると、そっと息を吹き込んだ。

ねんねころいち天満の市で
大根《だいこ》そろえて舟に積む
舟に積んだらどこまでゆきゃる
木津《きづ》や難波《なんば》の橋の下
橋の下にはカモメがいやる
カモメとりたや竹ほしや
竹がほしけりゃ竹屋へござれ
竹はゆらゆら由良之助《ゆらのすけ》

子守歌というのは、子守奉公に出された少女が赤ん坊をなんとか泣きやまそうと歌ったもので、おのれの生い立ちが投影されているせいか哀切な旋律のものが多い。「天満の市」もしみじみと心を打つ節回しである。

みくが演奏を終えると、ひとりが下を向いているので、

「どないしたん?」

その子は顔を上げた。涙が二筋、流れている。

「お姉ちゃんの笛があんまりええさかい、泣いてしもた」

「あ……ごめん。そんなつもりやなかったんやけど……」

「悲しいから泣いてるんやないねん。お姉ちゃん、すごいなあ。キリキリっとした音色で気持ちいい節やのに、いつのまにか涙が出てた……」

ほかの子どもたちも泣いていた。

「笛聴いて、こんな気持ちになるやなんてなあ……」

「もっと聴きたいけど、お金ないから……また来てな」

「お姉ちゃん、お能とか歌舞伎の笛方《ふえかた》になれるわ」

「あははは……無理やなあ。笛方ゆうのは、あれは男のひとしかなられへんのや」

「へー、なんで?」

「なんで、て……そう決まってるんや」

「ふーん、だれがそんなしょうもない決まり作ったんかなあ。女はつまらんなあ」

あからさますぎる意見に、みくは少しだけ心が痛んだ。たしかに今の世の中、女が就《つ》ける仕事はかぎられている。

「笛方になれるかどうかはともかくとして、笛吹くのは楽しいで。やってみいひん？」

女の子のひとりが、

「うーん……笛吹きたいなあと思たけど、なんかやる気なくなったわ」

「わてら、やっぱり子守奉公が関の山やなあ」

みくはなんとなく、

（これではいけない……）

と思った。

「やりたいことやるのに男も女も関係ない。――あのな、うちのほんまの稼業は飴屋やないねん」

「なんなん？」

これを言うと、子どもたちがドン引きするかもしれないと思いながらも、

「うちは目明《めあか》しやねん」

子どもたちはキャキャキャキャキャ……と笑って、

「そんなアホな」

「女の十手持ちなんか聞いたことないわ」

「お姉ちゃん、十手なんか持ってないやん」

「十手は家に置いてある」

「嘘《うそ》や」

「嘘や、と思たら『月面町のおみく親方』ゆうて訪ねといで。ほんまかどうかわかるわ」

　にっこり笑ったみくはつづらを背負い、

「また飴買うてや」

　半信半疑の子どもたちにそう言うと、えべっさんの境内をあとにした。廣田神社でもうひと稼ぎ……と思ったが、ぽつり、ぽつり……と雨が降ってきた。しばらく歩くと、本降りになった。あわててみくは近くにあった松の木の下で雨宿りをしたが、いつまでたっても雨脚が衰えない。みくはあきらめて、つづらに厳重に覆いをすると、豪雨のなかを走り出した。

　合邦《がっぽう》が辻《つじ》を東へ東へと駆ける。ようやく月面町が見えてきたあたりで、雨は急に小降りになった。

（な、なんやあ……？）

　みくも走るのをやめた。長屋の木戸をくぐったときには、雨はすっかり上がっていた。

「どないなってんねん!」

さすがのみくも天を仰いでそう叫んだ。

「おかん、ただいま」

家に入ると、

「お帰り。えらい雨やったねえ」

ぬいが半身を起こしてそう言った。

「あほらし。必死で帰ってきたのにもうやんでしもた。お昼ご飯食べたら、また出かけるわ」

「たいへんやなあ」

「飴四つ売れただけやさかい、しゃあない」

「どなたが買うてくださったんや?」

「キャキャキャキャ……てよう笑う女の子が四人や。あの歳の女の子はほんま、箸がこけても笑うなあ」

「お婆《ばあ》さんみたいな言い方して……あんたも女の子やないの」

荷を下ろしたみくは、そのなかから竹で編んだ弁当箱を取り出した。出先で食べるつもりだったのだ。ぬいも、みくが作っていった弁当を出した。茶を淹《い》れて、ふたりで向き合って食べる。

「おかんと弁当食べるゆうのも変な感じやな」

「そやねえ。お花見に行ったつもりになったらええのとちがう？」

笑いながらみくは握り飯にかぶりついた。醬油《しょうゆ》に浸した鰹節《かつおぶし》を混ぜ込んであり、食べると香ばしい出汁《だし》の味が舌に残る。大根の漬けものと梅干、塩昆布が添えられている。あっという間に食べ終え、熱いお茶を飲んでいると、

「ごめーん」

そう言いながら入ってきたのは、近所に住んでいる海苔《のり》問屋の隠居甚兵衛《じんべえ》である。「隠居」というのはよほど暇なのか、しょっちゅう遊びにくる。女所帯なので、男の出入りがあるのはありがたいのだが、とにかく「入り浸っている」感じなのだ。

「頼まれてたお神酒《みき》持ってきたでー」

甚兵衛は樽酒《たるざけ》を下げている。酒は酒屋からツケで買うのが普通だが、みくとぬいは日頃酒を飲むわけではないので、行きつけの酒屋がない。だから、伊丹《いたみ》の造り酒屋に親類がいる甚兵衛に神棚に供える酒をときどきわけてもらっているのだ。

世話好きの甚兵衛は町内きっての物知りということになっているが、案外ポカッと抜けているところもある。下駄《げた》のように四角い顔に丸眼鏡《まるめがね》をかけており、残り少ない髪の毛を搔《か》き集めて髷《まげ》を結っている。怪事件が起こると首を突っ込みたがり、あれこれと自説を開陳して悦に入る。それが当たった例はないのだが、本人は「謎解き甚兵衛」と自

称している。いたって罪のない年寄りであるが、事件のことをみくからあれこれ聞き出そうとするのは困りものである。

「みくちゃんが昼間から家にいる、ということはこの界隈《かいわい》は平穏無事、世はなべてこともなし、ゆうことやな。それはそれでありがたいけど、なんかこう派手でパーッとしてるけど中身はたいしたことのない事件が起きて、それをわしがずばり解決といきたいところや」

「そんな上手《うま》いことといくかいな」

みくが呆れてそう言うと、

「みくちゃんも、事件で行き詰まったらいつでも相談においでや。この謎解き甚兵衛がええ知恵貸してあげるさかい」

「考えとくわ」

みくの祖父は仙雅《せんが》という名前の楽士だった。笛の技をもって京の御所に仕えていたが、あるとき勤めを辞め、大坂に下って篠笛職人となった。同じころ、東町《ひがしまち》奉行所に出入りするようになり、その人柄を認められて目明しとしても働きだした。

目明しというのは町奉行所の組織に公的につらなっている存在ではない。町廻《まちまわ》りの同心があくまで個人的に使っている「手先」なのだ。だから、決まった給金をもらっているわけでもなく、同心がときどき手札《てふだ》（小遣い）をくれるだけである。自分が仕えている同心の屋敷に行けば、いつでも冷や飯ぐらいは食べさせてもらえる……その程度の役得しかない。それどころか、ときには命の危険があったりすることもある。

結局、十手と取り縄を預かり、えらそうに親方風を吹かして、立場の弱い職人や商人などをビビらせたい、というのが目明したちが金にもならぬことを得々としてやっている理由なのだ。ヤクザからおまえの店を守ってやるから用心棒代を払え、とか、喧嘩《けんか》の仲裁をしてやるから仲裁料を払え、とか、俺の縄張りに店を出すなら挨拶料を払え、とか……いろいろ理由をつけては町人たちから金をむしりとる。その儲けが馬鹿にならないのだ。なかには事件の被害者をゆするようなあくどい連中もいた。

みくの祖父のように弱い者いじめなどせず、きちんと筋を通す目明しもいることはいるが、いずれにしてもひとりでは行き届かないので、多くの手下を使わねばならない。優秀な手下をつなぎとめておくには金が必要だ。そこで、目明しの多くは女房に店をやらせたり、副業を持ったりしていた。それがみくの祖父にとっては篠笛作りと飴売りだった。仙雅が亡くなったとき、みくの父宇佐七《うさしち》は、目明しの仕事と篠笛作り、飴売りの全部を受け継いだ。宇佐七はみくに十手の使い方を徹底的に教え込んだ。

そういえば……とみくはさっきの四人の女の子との「女は笛方になれない」話を思い出していた。自分にもそういう経験があったからだ。あるとき、みくは父親に、

「なんで十手なんか習わなあかんの？　うち、目明しになんかならへんのやで」

あざだらけになりながらみくが抗議すると、

「そうとはかぎらんやろ。もし、おまえが目明しになったら、そのときこの技が役に立つ。危ない目に遭《お》うたときも自分や他人を守ることができる。今は痛いかもしれんけど辛抱せい」

「アホなこと……女が目明しになんかなれるかいな」

「なんでそう決めつけるのや」

「けど……女の目明しなんか見たことないもん」

「それやったらおまえがその一番手になったらええやないか」

「…………」

「祖父《じい》さんも俺も目明しや。せやからおまえも目明しになるかもしれんな、と思て、こんなことしとるんや。もちろんなりとうなかったらならんでもええのやで。おまえには、自分がやりたいことをやってほしいし、なんになろうと俺は応援する。けど、おまえがならんでも、おまえの子が目明しになるかもしれんやろ。そのときはおまえが俺に習った十手の使い方を教えたれ」

「ならへんならへん。うちもうちの子も目明しになんかならへん」

そう言っていたみくが、宇佐七の死後、その縄張りを受け継いで、きっちり目明しになってしまっている。

（不思議なもんやなあ……）

みくはときどきそう思うが、もう慣れた。宇佐七が常々口にしていた、

「俺は大坂の町のみんなを守るために十手持ちをしてるのや。どうせだれかがやらなあかんことや。それやったら俺がやったるわい、ゆう気概でこの仕事をしてる」

という言葉をみくはいつも胸に刻んでいた。

「あのー……こんにちは……」

表で声がした。まだ若い女のようだ。

「月面町のおみく親方のお家はこちらだすやろか……」

「みくはうちや。入ってんか」

みくが食器を片付けながらそう言うと、

「おじゃましまーす」

入ってきた数人の女の子の顔を見て、みくは思わず叫んだ。

「あーっ、さっきのキャキャキャキャキャキャ……」

「キャキャキャキャ？」

「いや、なんでもない。こっちのことや。——まさか、わざわざまた飴買いにきたんか？」

先頭の子がかぶりを振って、

「そやないねん。わてらな……」

と言ったきり言葉を濁した。四人はたがいに、

「あんたが言いや」

「わて、よう言わんわ」

などと小声で言い合っている。ぬいが笑って、

「じゃんけんで決めはったらどう？」

四人はうなずいて、じゃんけんを始めた。結局、負けたひとりがおずおずと進み出て、

「あのなあ、お姉ちゃん……わてらでも笛吹けるやろか」

ああ、そういうことか、とみくは納得した。

「吹ける吹ける。ちゃんと習《なろ》たらな」

「わてら、お姉ちゃんに入門したいんやけど……」

「え……？　うちに？　うちは弟子取るやなんてそんな柄やないさかい……」

必死の思いで入門を申し込みに来たであろう四人がうなだれたのを見て、ぬいが、

「ええやないの。むずかしゅう考えんと自分の知ってることを教えてあげたら」

「そ、そうかな……」

甚兵衛が、

「あのな、みくちゃん……ひとに教えるゆうことは自分の修業にもなるんやで。やった

らええがな」

「うーん……」

「お姉ちゃん、頼むわ。いや、お頼み申し上げます」

「わてら、お姉ちゃんの笛にぞっこんやねん。あんなきれいな音、聴いたことない」

「お願いしますお願いします」

そう言われると悪い気はしない。

「ほな……うちでよかったら……」

女の子たちは手を取り合って、

「うわあ、よかった！」

「よろしくお願いします、師匠」

みくは頭を掻いて、

「師匠やなんて、へへ……へへへ……おみく姉ちゃんでええよ」

「そうはいかんわ。今日からは師匠や。けじめはしっかりつけなあかん」

生意気なことを言う。かな、さゑ、うめ、すぎ……四人はひとりずつ名を名乗った。皆、同じ長屋の同い歳四人で、いつもまり突きなどをして一緒に遊んでいるのだという。

「ほたら、ここに篠笛があるから、一本ずつ取って」

「あのー、なんぼほど払《はろ》たらええやろ。わてらあんまりお金持ってないさかい……」

「かまへんかまへん。使い古しのやつやからタダでええわ。けど、ちゃんと音は出るで」

そう言うとみくはそのうちの一本を手にして、息を入れた。暖かい音色がすーっと響いた。みくはそのままわらべ歌を一曲奏でると、

「はい」

と言って、うめに手渡した。

「えっ……」

「吹いてみ」

うめは見様見真似《みようみまね》で歌口に口をつけた。音は鳴ったものの、スベーッというヘンテコな音だった。何度もやってみたが、フベーッ、スビーッ、ブヒーッ……。

「あかんわ。わて、才能ないんかなあ」

「大丈夫。すぐに吹けるようになるよ」

「うん……！」

かなが神棚に置いてある十手を見て、

「お姉ちゃん……やなかった、師匠、ほんまに十手持ちやったんやなあ。この近所で『月面町の親方』てきいたら、『ああ、おみくちゃんの長屋やったら……』いうてすぐに

教えてくれたわ」

さゑが、

「すごいなあ。かっこええなあ。女でも目明しになれるんやなあ」

みくはかぶりを振って、

「すごいことなんかあらへん。それがあたりまえにならなあかんのや」

そう言ったとき、表から入ってきた男が、

「親方、江面《えづら》の旦那がお呼びだっせ。お奉行所の方に来てくれ、て言うてはりました」

細い顔で、目は小さくて黒豆ぐらい、眉毛は左右がつながっている。背は高く、がっしりした体格である。みくの手下のひとり、清八《せいはち》である。あだ名は「おっと清八」。力自慢で、相撲取りに米俵を持ち上げる勝負を挑まれ、勝ったことがあるぐらいの力持ちだが、本人は「馬鹿力」と言われると腹を立てる。

みくは、

「なんの用やろ。事件かな」

「さあ……わしはなにも聞いてまへん」

「わかった。すぐに行くわ」

みくは神棚に向かって手を合わせると、十手を腰にたばさんだ。

「ごめんなあ。今日はお稽古でけへんわ。明日、また来てくれる?」

四人はうなずくと、大事そうに篠笛を握りしめて帰っていった。みくは清八とともに家を出、四天王寺方面に向かったあと、左に折れて、谷町筋《たにまちすじ》を北上した。大坂城西側に延々と並ぶ武家屋敷を尻目に天満橋の手前を右に曲がると東町奉行所がある。もちろんみくたち目明しは奉行所のなかには入れないから、門番に用向きを伝えると、門前にある腰掛け茶屋で茶を飲みながら江面が出てくるのを待った。腰掛け茶屋というのは、町奉行所のまえにはかならずあって、同心たちが手下との打ち合わせに使ったりする。茶屋の奉公人も与力や同心とは顔見知りのものばかりなので、安心して密談ができるのだ。

すぐに江面はやってきた。腰が曲尺《かねじやく》のように直角に曲がっており、杖を突きながらよろよろと歩む姿を見ると、

「この爺《じい》さん、大丈夫かいな」

と心配になるが、どうしてどうしてこれで武芸の達人なのである。頭髪は残り少ないが、そのかわりに眉毛はふさふさしている。ただし、真っ白だ。

「おお、呼び立てて悪かったのう」

江面はみくの隣に腰を下ろした。

「何か事件ですか？」

「事件……といえば事件じゃが、まあ、まだよくわからぬ」

江面可児之進《かにのしん》は東町奉行所定町廻《じょうまちまわ》り同心である。目明しは、特定の同心の下で働くわけではなく、そのときそのときに声をかけてくれた同心の命で御用を務める。目明しにはそれぞれ縄張りがあり、同心たちは事件が起きた場所を縄張りにしている目明しと組むのが普通である。しかし、みくの父宇佐七はほとんど江面の声掛かりで働いていたこともあり、みくも自然と江面の専属のようになっている。

「今日は、冷えるのう。もう冬じゃのう。大和炬燵《やまとごたつ》がのうては眠れぬわい」

大和炬燵というのは、瓦焼きの四角い小型のこたつで、側面に穴があいており、寝るとき足もとに入れて暖を取る。

「今年の冬は去年より寒さが厳しいらしい。夏が暑い年は冬が寒いというが、今年はどうやらそれが当たりらしいぞ」

年寄りはなかなか本題に入らない。入れ歯が合っていないらしく、言葉もふがふがと聞き取りにくい。

「あのー、旦那、そろそろ本題に……」

「ああ、すまぬすまぬ。今日呼び出したのはな……」

江面は小声になり、

「化けものが出た……」

「えっ……！」

「らしい」

「どういうことですか」

江面によると、近頃、東横堀や道頓堀界隈で、夜中に「化けものを見た」という事件が五件あったらしい。目撃者は皆、びっくりして近くの会所《かいしよ》（番屋のこと）に駆け込むのだが、下役や夜番が刺股《さすまた》や突棒《つくぼう》を持っておっかなびっくり現場に行ってもなにも見当たらない。

「逃げてしもたんかなあ……」

とあたりを探したが、痕跡すら見いだすことはできなかった。目撃者は三人ともかなり酔っており、見間違いである可能性も大だった。

「酒飲んで嘘八百並べてるのとちがいますか」

みくは酒を飲んだことはないが、酔っ払いがあることないこと口から出まかせをしゃべりまくっているのはよく目にする。

「わしもそうではないかと思う。酒に酔って夜歩きをしていると、猫でも犬でもニワトリでも怪物に見えるものじゃ。だが……そうだと決めつけるのはまだ早い。なんにしても、五件も立て続けというのはおかしい」

「どんな化けものだす？」

「うーん……それもはっきりとせぬのじゃ。ひとりは、目がデメキンのように突き出したトカゲみたいなやつがぺろぺろと舌を出していた、と言うておる」

「うわっ、気色悪っ」

「べつのひとりは、子犬ぐらいの大きさではあるが、口中に牙の生えた妖怪が土手を這《は》っていた、と言う」

「ばらばらやなあ……」

「十尺（約三メートル）ほどのウナギを見た、という話もあった。そうそう、こういう証言もある。農人橋《のうにんばし》のあたりをふらふら歩いていると、突然、だれかがまえに立った。邪魔やなあ、と提灯《ちょうちん》の明かりを向けると、それが……へのへのもへじやった、というのや」

「へのへのもへじ？　子どもが描く、あの……」

「そうじゃ」

「そんなん怖いことおまへんがな」

「ところが、肌は疥癬《かいせん》のようなものに覆われており、丸い目玉がなんともいえず不気味だったらしい。それが前後左右に揺れていたのだそうじゃ」

「襲われましたんか？」

「いや、現れたときと同様にすぐに暗闇のなかに消えてしまったらしい」

「うーん……」

「へのへのもへじの妖怪など、酔っ払いの誤認と考えるのが普通だろうが、訴えがあった以上、町奉行所として放ってもおけぬ。とはいえ、お上が表立ってそのような馬鹿げた事件の詮議をするわけにもいかぬ。もし、悪戯《いたずら》や勘違いだった場合は大恥を掻く。そこでじゃ……目先に急な御用を抱えていない町廻り同心にお頭《かしら》からの指図があった。手下にそれとなくあたらせろ、とな。わしもそのひとりというわけじゃ」

つまり、まずは町奉行所とは直接関わりのない目明しに探らせて、なにか事件性があるとわかったら同心が乗り出す、なにもなかったら知らんぷりをする……いつものことである。

「化けもの退治などくだらぬと思うかもしれぬが、これも御用じゃ。案外、ひょんな悪事が隠れておるかもしれぬ。手を抜かず調べてくれ」

「はい……」

「あー、やれやれ。では、しっかり頼むぞ」

明らかに「仕事を押し付けてホッとした」という感じで江面は帰っていった。

「おみく親方、ほんならわしらは今から化けもの探しだすか？」

清八の言葉にみくは、

「旦那に言われたらしゃあない。けど……まあ、適当にやっといたらええわ。どうせ見間違いに決まってる」

「そうだすなあ。化けもん相手に『神妙にせえ！』言うたかて聞く耳持たんやろし……」

「十尺のウナギなんか、蒲焼《かばやき》が何人前取れるねん。旦那の顔を立てなあかんさかい、堀沿いに住んでる連中とか夜にあのあたりを通った連中に聞き込みしよか」

ふたりは手分けして東横堀と道頓堀を調べることにした。そのときみくは、半信半疑で手掛けたこの事件が案外根の深いものだったとは思いもしなかった。

◇

「どうするのや、番頭どん」

「えらいことになりましたなあ、旦さん」

「どないしたらええやろ。ええ知恵ないか？」

「まさか盗人が六番蔵に入るとはなあ……」

「間《まん》の悪いことに笛吹きの九輔《きゆうすけ》が死んだのをあの蔵に放り込んどりましたさかいな……」

「戸は開けっ放しやし、みんな出ていってしもた。ほとんどは捕まえたけど、何匹かはまだ野放しや」

「どないしましょ。ほかのはともかく、阿奈子《あなこ》と瘤平《こぶへい》は放っておけまへんで。騒動になりまっせ」

「わかっとるがな。けど、笛も盗まれてしもたさかいなあ……どうしたらええやろ」

「旦さん、とにかくあの笛を取り戻さんことにはどもなりまへん。盗人にとっては値打ちのないもんやさかい、たぶん故買屋か質屋にでも売り払《はろ》うたと思います」

「そういう店、大坂に何軒あるのや。とてもわしらふたりでは手が回らんやろ。それに、古道具屋や笛屋なんぞに持ち込むこともありうるやないか」

「そうだすなあ……。わての知り合いに篠笛やら能管やらを扱《あつこ》うてる問屋がいてますさかい、明日にでもそいつにきいてみますわ」

「それと……笛吹きをどうするかや。九輔が死んでしもたから、笛を取り戻せても吹き手がおらん。だれぞあの笛を吹けるもんを見つけんと……」

「九輔はかわいそうなことしました。旦さん、もうそろそろこんな道楽はやめはった方がよろしいのとちがいますか」

「わしは酒も博打も女遊びもせん。ただ、アレだけがわしの楽しみなんや」

「わてはあの笛が九輔の命を縮めたんやないかと思とりますねん。吹くたびに、なんか取り憑《つ》かれてるみたいでしんどい……息が苦しい……頭が割れそうや……心の臓が痛い……て言うてました」

「給金を増やしてもらいたいからそんなわがまま言うとったんや」

「けど、ほんまに死んでしまいましたがな。――旦さん、こんなこと奉公人の分際で言うたらあかんのかもしれまへんけど……そろそろあの道楽はやめはった方がええのとちがいますか。世間並に酒と博打と女遊びにしといとくなはれ」

「あ、アホなこと言うな。けど……笛と笛の吹き手と両方見つけなあかんなあ……」

◇

結局その日の聞き込みはなんの成果もなかった。みくも清八も、

(化けもの探しなんか馬鹿馬鹿しい……)

と、さほど気合いを入れていなかったせいもあるだろう。しかし、江面の手前、二、三日は続けなければならない。

「今日はこのへんにしとこ。明日は喜六《きろく》も呼んで、三人で探索や」

「あいつもまさか化けもの探しに駆り出されるとは思とりまへんやろな。たぶんわし以上に文句言うと思いまっせ」

夕方、みくは清八と別れて長屋に戻った。

その夜、あまりの寒さにみくはぬいとふたりでうどんを食べていた。舌が焼けるほどの熱い出汁で煮込んだうどんに、刻んだ油揚げ、大根、ネギを入れ、葛《くず》の餡《あん》であんかけにしたものだ。生姜《しょうが》をたっぷりすりこんでいるのでぴりりと辛く、啜《すす》っているうちに汗が出てくる。お代わりをしたみくが二杯目を食べていると、

「え、え、えーらいこっちゃあっ!」

長屋の路地をどたばたと走り込んできたのは、もうひとりの手下、喜六である。「ちょかの喜六」のあだ名どおり、イラチであわてもので落ち着きがなく、なんでも独り決めして先走る。身が軽いので、盗人の召し捕りのときなどは重宝するが、しくじりも多い。喜六も清八も、みくの父宇佐七の時代からの手下で、代替わりした今もみくに律儀に従っている。

「なんやねん、喜六。うどんが喉に詰まるがな」

みくが言うと、釣り竿《ざお》と提灯を持ち、魚籠《びく》を腰に下げた喜六は、

「それどころやおまへん！　出た出た出た出た出た！」

「お月さんかいな」

「ちがいますがな。化けもの、妖怪、お化け、物の怪《もののけ》だす！」

喜六には化けものの話はしていなかったはずだが、とみくは思った。

「なにがあったのや」

「親方、聞いとくなはれ……」

喜六の話によると、今日は宵の口から九之助橋《くのすけばし》のたもとで夜釣りをしていた。九之助橋は東横堀にかかる橋で、昼間はともかく、夕方になると界隈はひと通りが絶える。道頓堀に入ると夜でも難波新地《しんち》に赴く屋形船が多く往来しており、その間隙を縫う小さな猪牙舟《ちょきぶね》や茶船でごった返しているが、釣りには向いていない。喜六はひとり釣り糸を垂

らしていた。狙うは石垣のすぐ下を棲み処《か》にしている大きなウナギで、料理屋などに持っていくといい小遣い稼ぎになるのだ。

しかし、どうも食いが悪い。餌のミミズを付け替えて、また釣りを続ける。およそ一刻《とき》（約二時間）もそんなことをしていただろうか。

「今日はあかんなあ。寒うなってきたからそろそろ帰って、熱いお茶でも飲《ぶ》もか……」

そうつぶやいたとき、一匹のウナギが橋の下から現れ、下流に向けて泳いでいくのが見えた。しめしめ、と思った喜六は、針をウナギの進行方向に落とした。

「餌やでえ。よう太ったミミズやでえ。針みたいなもんはついてへんでえ。食うてみい、美味《うま》いでえ」

ウナギがまさに餌に食いつかんとしたとき、そのウナギの下の川底からなにか黒い影がゆらりと上がってきたことに喜六は気づいた。それはもっと大きなウナギのように思えた。どれぐらい大きかったかというと……。

「二十尺（約六メートル）はおました！」

みくは顔をしかめて、

「なんぼなんでもそんな化けもんみたいなウナギが……」

そう言いかけて、ハッとした。

（そや……うちが今探してるのは化けものやった……）

江面の言葉は本当だったのだ……。

「それでどないなったんや」

「えらい水柱が立って、わてはびっくりして尻餅ついてしもた。必死で起き上がったら、化けものウナギが、小さい方のウナギに襲いかかるところやった。水しぶきで、よう見えんかったけど、小さいウナギはあっという間に飲み込まれてしまいました」

「ウナギがウナギを食うたんか……。どんな色やった？」

「茶色でおました。妙なだんだら模様がついてたような気もしますけど、あっという間の出来事やったさかい……」

「ふーん……あっという間の割には二十尺て、ようわかったな」

「あ、いや、それは……まあ、そのぐらいはあったやろ、と……。けど、ウナギの化けもんがいたことは間違いおまへん。あれは川の主とちがいますやろか」

「ほかに見てたひとはおらんかったか？」

「たぶんおらんかったと思います」

「それを見つけるのや」

みくは十手を帯に差すと、

「行くで、喜六」

喜六は手を打って、

「わての言うこと信用してもらえますのか。さすが親方や。てっきり『そんな妖怪おるわけない。おまえの見間違いや！』て怒鳴られると思いましたわ」

「普段やったらそうするとこやけどな……」

みくは、江面からの指図について喜六に話した。

「うへっ、そんなに化けもんがそこらにうようよしとりまんのか。えらいこっちゃなあ……」

喜六が提灯を持ち、ふたりは九之助橋に急いだ。しかし、暗い川面《かわも》は墨を流したようにねっとりとしており、化けものはおろか、カワウソや魚すら見あたらなかった。時刻も遅いので、周囲にはだれもいない。このあたりは堀の東側に瓦屋が並び、西側には鋳物屋、銅吹所《どうふきしょ》などが多く、昼間はそれらを積み出す船の往来が激しかったが、夕方以降は火の消えたような寂しさである。二ツ井戸《ふたいど》のあたりまで来て、ようやく煮売り屋を一軒見つけた。屋台を葭簀《よしず》で囲っただけの店で、水洟《みずつぱな》を垂らした老人がひとりでやっていた。客はひとりもいなかった。みくは十手をちらと見せ、

「このへんに化けもんが出る、ゆう噂があるんやけど、なんか変なもん見かけんかったか」

「そやなあ……化けもんかどうかわからんけど、こないだけったいなもんを見たわ」

「えっ？　その話、詳しゅう聞かせてんか」

煮売り屋の主《あるじ》が言うには、彼はほぼ毎晩、このあたりに店を出しているのだが、数日まえ、食器などを洗うのに使った汚れた水を捨てようと土手から下に降りたとき、草むらに妙なトカゲがいたのだという。

「それがなあ、今の今までそこには草しかなかったのに、わしが桶《おけ》の水を捨てようとしたとき、急にトカゲが現れてな、カサカサ……と逃げていったのや。びっくりしたでえ」

喜六が、

「爺さん、気ぃついてなかっただけとちがうか」

「そんなことない。草しかないところにトカゲがふわっと出てきたのや。まるで忍びのものみたいなやつや」

みくが、

「どんなトカゲやった？」

「うーん……目がとんがってて、長い舌を出し入れしてたなあ。尻尾の先がくるくる丸まってたと思う」

江面が話していた妖怪のひとつとよく似ている。やはり、本当にいるのか……。

「それでどうなったん？」

「それで……おしまいや。どこかに行ってしもた。それからは見かけてないわ。けど、化けもんゆうたかて、小さいもんやで」

主は両手でそのトカゲの大きさを示してみせた。ネズミぐらいである。

「おっちゃん、おおきに」

その後はほとんどだれとも出会わなかったし、木戸番や会所番にたずねてもなんの成果もなかった。それ以上の聞き込みは無理と判断したみくは、

「明日、朝一番から再開や」

そう言って喜六と別れた。みくはまだ半信半疑だった。だいたい喜六はおっちょこちょいで勘違いも多いのだ。

◇

「どうだ……わしの提案を検討してくれたか」

「まあな……」

「悪い話ではなかろう。わしとおまえの境遇は似たようなものだ。手を携えれば、かならずやわれらが望みは果たせるだろう」

「ふむ……」

「ためらうことはあるまい。わしがここから解き放たれれば、この国を手中に収めるなどたやすいこと」

「どうやってそこから抜け出すつもりだ。まえの吹き手はおぬしの背負う魔力の強大さに潰されて死んだのだろう」

「さようさ。もっと腕のある吹き手が必要だ。この笛を吹きに吹いてぶち壊してくれるほどのな。そういう笛吹きは、この国におらぬのか」

「ひとりだけ知っている」

「それはなにものだ」

「………」

「おまえこそどうやってそこから出る？　わしよりもむずかしかろう。おまえにかけられている呪の力はすさまじいもののようだ」

「まあな。今のところ、たまに外に出してもらって息抜きをしているが、マジで呪をほどくのはたいへんだ」

「だからこそ、わしと手を組めと言うておるのだ。そうなったら怖いものなしだ。おまえの呪も解けよう。わしもここから出られよう。あとはこの国の馬鹿な庶民を操り、支配者を倒して、われらが『王』になるのだ」

「おぬしは向こうでもそうしてきたのか」

「あと少しで上手くいくという寸前で、やつらはわしをここに押し込めたのだ。だが、二度と同じ轍《てつ》は踏まぬ。まもなくわしはおまえの近くに行くはずだ。そのときもっと詳細に企てを練ろうではないか」

「考えてみてもよい。私もここでの窮屈な暮らしには飽きてきたところだ。いずれは出たいと思うている」

「ならば考えるまでもない。――待て、だれか来た」

三

みくたち三人は、化けものについてたずねて回ったが、なかなかこれぞといった情報は集まらなかった。「傘屋の店先でからかさ小僧を見た」とか「天狗《てんぐ》が松の木の枝に腰を掛けて煙管を吸っていた」とか「新地で遊んで帰ったら嫁はんの顔が鬼になっていた」とか、明らかに嘘だとわかるものがほとんどだった。

「もう知らん!」

みくはぶち切れた。

「化けものとか物の怪とかいうたかて、人間になんにも悪さしてへんのやから、ほっといたらええねん。木の葉を小判に見せかけた、とか、風呂やと思たら肥溜《こえだめ》やった、とか……そういう妖怪やったら退治せなあかんけど……そういうのはうちら目明しの仕事というより、宮本武蔵《みやもとむさし》とか岩見重太郎《いわみじゆうたろう》とかいった英雄豪傑の出番やろ!」

「まあ、気持ちはわかりますけど、江面の旦那のお指図やさかい……」

「町奉行所の同心も、自分で妖怪変化を探して回ったらええやん。もうしんどいわ」

疲れ果てたみくは土手で大の字になって寝転がった。なにかが手に当たった。見ると、黒い筒のようなものだった。材質は木のように思われた。いくつか穴が開いており、妙な模様が全体に彫りつけてある。南蛮の文字かもしれない。みくはそれを見た途端、

（笛や……！）

と直感した。長年、横笛を吹き、篠笛職人でもあるみくにとってもはじめて見るものではあったが、穴の位置などから笛だとしか考えられなかった。ただし、材料は竹ではなく、おそらく黒い色の木を削って作られているようだ。喜六と清八が近づいてきて、

「なんだす、それ」

「変な棒やなあ」

みくは、

「たぶん南蛮の横笛やないか、と思うねん」

歌口らしきところを袖で拭ってからみくはそこに口を当て、息を吹き込んだ。笛は能管のような音を立てた。

（やっぱり笛やな……）

つぎの瞬間、みくは名状しがたい「嫌な気分」に襲われた。心の臓がどくどくと脈打つのが聞こえはじめ、ついには痛みまで覚えるようになっていった。頭が重い。そして、笛のなかからなにかおぞましいものが滲《し》み出てきたような気がした。しばらく吹き続けてみたが、その「なにか」がまさに笛から出てくる直前に唇を歌口から離した。喜六が、

「ええ音色やなあ。もっと吹いとくなはれ」

清八が、

「そやそや。今までの篠笛や能管とは全然違うわ」

「いや……やめとくわ」

「吹きにくいんだすか」

「吹きやすい。篠笛よりも楽に鳴るわ」

「それやったらよろしいがな。親方のもんにしはったら……」

みくはかぶりを振り、

「たぶん西洋の笛や。だれかが落としたものやと思う。お奉行所に届けるわ」

喜六が、

「お奉行所の役人なんかに西洋の笛のことがわかりますかいな。親方は篠笛職人やさかい、楽器問屋とかに顔が広い。そういうところにたずねてまわった方がええのとちがいますか」

「そやな……」

なおも聞き込みを続けるという喜六、清八と別れたみくは、その笛を持って、南竹《みなみたけ》屋町《やまち》にある知り合いの笛問屋「磨津利屋《まつりや》」を訪ねた。みくが普段作っている篠笛は、もっぱら飴売りのついでに客に売るためのものだが、ときには楽器を扱っている商店に卸すこともある。磨津利屋は、篠笛だけでなく、能管、龍笛《りゅうてき》、神楽笛《かぐらぶえ》など各種の笛を商っており、主の蛸兵衛《たこべえ》は笛職人を兼ねていた。

「ごめんやす」

竹を削っているもの、穴を開けているもの、紐《ひも》を巻きつけているものなど数人の職人が働いており、その中央で仕上げをしているのが蛸兵衛だった。もちろん本名ではなく、若いころから頭がつるつるなところからまわりから「タコ」と呼ばれていたのが通り名になった。

「おお、おみくちゃん。久しぶりやな。篠笛、持ってきてくれたんか」

「そやないねん。今日はべつの用事」

「そうか。あんたの笛、評判ええねん。また、頼むわ」

蛸兵衛は、みくの祖父で笛方として内裏《だいり》に仕え、笛職人でもあった仙雅の弟子である。それゆえみくの父やみくとも親しかった。

「蛸兵衛さん、これ、なにかわかる？」

みくはさっき拾った黒い笛を差し出した。受け取った蛸兵衛はためつすがめつ眺めて、

「ふーん……わしも見るのははじめてやが、話には聞いたことがある。天竺《てんじく》の横笛……たしかバンスリとかいうやつやろ。これ、どこで手に入れた？」

みくは御用の途中でこの笛を拾った経緯について説明した。

「まさか異人が落としていったわけでもなかろ。こんなもん持ってるのは、よほど大金持ちの物好きやろなあ」

「蛸兵衛さん、預かっといてくれる？」

「わしより目明しで笛吹きのあんたが持ってる方がええやろ」

みくは、なんとなくこの笛を家に置いておくのが嫌だったのだが、そう言われてしまってはしかたがない。

「よその笛屋とか、能や歌舞伎の笛方にもきいてみるわ」

「おおきに。ほかに当たるとしたらどこやろ」

「そやなあ……異国のもんやさかい、きいてみるとしたら唐物問屋か」

みくは礼を言って磨津利屋を辞した。四人の弟子に稽古をつける時刻が来たからである。

家に入ると、ぬいが目ざとくみくの笛を見つけた。

「まあ、珍しい笛やこと」

「聞き込み中に土手で拾たんや。蛸兵衛のおっちゃんにきいたら、バンスリとかいう天竺の笛かもしれん、て言うとった」

「吹いて聞かせてくれる？」

「かまへんけど……なんかその……変やねん」

「なにが？」

「うまいこと言われへんけど……吹いてたら気持ち悪うなってくるねん」

「天竺の笛やさかい勝手がちがうからやろか」

「わからん。でも、ちょっとやったら吹けるで」

「吹かんでもかまへんよ。あんたが調子悪なったら困る」

「大丈夫大丈夫」

みくはそう言って黒い笛を口に当てた。柔らかく、太い音が鳴り響いた。

「へえ……やっぱり篠笛や能管とはちがうなあ。音がずっと柔らかいわ」

みくは何度も咳《せ》き込むと、苦い薬でも飲んだような顔で、

「ええ音や、とは思うんやけどなあ……やっぱりうちにはいつもの篠笛が合うてるわ」

みくはその笛をかたわらにあった畳んだ手ぬぐいのうえに置き、

「子どもらに笛の稽古つけたら、また出かけるわ。喜六と清八ばっかり働かせてたら罰当たる」

「例の化けもの探しかいな。ご苦労さま」

「せやけど、ほんまに化けものなんかいてるんかなあ」

「まえに、見越し入道ゆうのを退治したやないの」

「あれは妖怪と見せかけて、じつは人間の仕業やった。ほんまの妖怪がいてたら、目明しの出番やない。祓《はら》いたまえ屋か陰陽師《おんみようじ》に頼む方がええと思う」

「そらそやな」

うなずきながらぬいは布団から身体を起こし、ふたり分の茶を淹れると、

「近所のおすみさんにお芋のふかしたのをもろたんよ。食べる？」

「食べる食べる」

ふたりはふかし芋を食べ、茶を飲んだ。

「あら……？」

ぬいがなにかを探している風なのでみくが、

「どないしたん？」

「あんたが持ってかえってきた笛、どこ行ったかと思て……」

「この手ぬぐいのうえに置いたはず……あれ？　ない」

みくは部屋のなかを探し回り、ようやく黒い笛が十手笛とともに壁に取り付けられた神棚のまえに置いてあるのを見つけた。十手笛というのはみくの家に代々伝わる仏像の

なかから出てきた鉄製の横笛で、武器としても楽器としても使えるが、かなり重いので十手として振り回すには相当の腕前が必要だし、鉄なので笛として鳴らすのもむずかしい。

「おっかしいなあ……たしかにここに置いたのに……」

「笛がひとりでに神棚まで跳び上がったんやろか」

「そんなアホな……」

　みくが黒い笛を摑んで板の間に下ろしたとき、

「こんにちはーっ！」

　元気な四つの声が聞こえ、かな、さゑ、うめ、すぎの四人がどやどやと入ってきた。

「ほな、早速はじめよか」

　みくが言うと、四人は正座して頭を下げ、

「師匠、今日からよろしゅうお願いいたします」

「そ、そんなたいそうな。楽しくやっていこや」

　すぎが、

「うちのおかんが、ひとにものを教わるのやさかい、最初だけはきちんとせなあかん、て言うてました。——あ、これ、おかんが持っていけ、て言うた大根だす。どうぞお受け取りください」

かな、さゑ、うめもそれぞれ、ゴマせんべい、干し柿、茶葉などをみくのまえに出した。

「おおきに。つぎからは気ぃ遣わんといてや」

うめが、

「うん。つぎは手ぶらで来るわ」

かなが、

「笛は持ってこなあかんで」

皆はけらけらと笑った。そんななかで稽古が始まった。みくは、笛の持ち方、構え方、歌口への唇の当て方、息の入れ方などをひとりずつ丁寧に教えていった。皆、まともな音は出ない。むきになって顔を真っ赤にして息を出そうとするので、

「あかんあかん。もっと軽うに息出さんと鳴らへんよ。ほら……」

みくは自分の篠笛にフッ……と息を吹き込んだ。暖かく、大きな音が響き渡った。皆は尊敬のまなざしでみくを見た。みくは照れて、

「ほな、続けてやってみて」

そのとき、隣に住んでいる大工のかみさんでしげという女が、

「やかましなあ！　ぴーぴーぴーぴー、うるそうて昼寝でけへんやないか！」

四人はぴたり、と吹くのをやめた。みくが、

「すんまへん！　笛のお稽古をすることになって……今日が初日やねん」

しげは四人が幼い子どもであることに気づき、

「あ、あ、そうかいな。子どもやてわかってたら怒らんかったのや。最初は下手くそやさかい、ぴーぴーいうのはしかたない。そのうちあんたらもおみくちゃんみたいに上手になるわいな。それを楽しみに、今は我慢しとくわ。きつう言うてごめんやで」

四人はほっとした様子で顔を見合わせた。

「師匠がええからすぐに上達するやろ。考えてみたらわても昼寝してる場合やない。内職せなあかんのやった。はははは……」

みくはもらったばかりの干し柿とせんべいをおすそ分けした。しげは頭を掻いて、

「なんかものをもらいに来たみたいで悪いなあ」

「ううん……うちかて、お隣さんには先にお断りしておかなあかんかった。おばちゃん、ほんまにごめんな」

干し柿とせんべいを持ったしげは喜んで帰っていった。みくは「挨拶」をしておく必要があったことに気づいた。一言言っておけばよかったのだ……。

「すんまへん、師匠。わてらが下手なばっかりに……」

かながそう言うと、

「かまへん。最初から上手いもんはおらん。――今日のお稽古はここまで。つぎは四日

後にしよ。それまで、ひとに迷惑にならん場所でおさらいをしといてくれる？」

　四人がうなずいたとき、

「こちらは篠笛職人のみく殿の住まいでまちがいないか」

　野太い声がした。

「みくはうちや」

「では、入らせてもらう」

　ええ、とも悪いとも言わぬうちに、男は大手を振り、「のっしのっし」と形容したくなるような歩き方で入ってきた。恰幅《かっぷく》のよい町人で、眉毛が太く、揉《も》み上げが長かった。どすっ、と上がり框《がまち》に腰を下ろし、

「わしは、逆巻《さかまき》流の笛方、逆巻七五郎《しちごろう》というものだ」

「笛方？　歌舞伎の？」

「馬鹿め。そのような世俗の囃子方とひとつにするな。わしは能楽師だ。つい先ほど、おまえのところに異国のものらしい珍しいバンスリとかいう横笛があると磨津利屋の蛸兵衛から聞いたのでもらい受けに来た。笛はどこにある。さあ、寄越《よこ》せ」

　かなり横柄な態度である。

「もらい受けに、て言われても、これは拾うたもんやさかい、お奉行所に届けるつもりやねん。勝手に持っていかれても困る」

「なに？　ただの篠笛職人が生意気なことを……異国の笛などおまえにとっては無用の長物ではないか」

「うちも横笛吹きや」

みくがそう言って逆巻をにらみつけると、さゑが横合いから、

「そやで！　うちらの師匠や。毎日、飴売りながら笛吹いてはるのや」

逆巻は鼻で笑い、

「飴売りの余興の笛と、血のにじむような修業を重ねてきたわしら笛方の笛……比べものになろうはずがない！　天竺の笛はどこにある？」

みくは手ぬぐいのうえをちらと見て、

「あっ……！」

ぬいが、

「どないしたのや」

「ないっ！」

黒い笛はまたしても消えていた。今度はどこを探せばよいかわかっている。みくが神棚を見るとやはり笛は、十手笛と寄り添うようにしてそこにあった。みくの視線を追った逆巻が神棚に黒い横笛があるのを見つけ、にやりと笑った。

「これで隠したつもりか」

逆巻はむんずと笛を摑むと、いきなり歌口に唇をつけて吹きはじめた。みくが吹いたときとはまたちがう、ざらざらした野太い音色が響いた。逆巻は適当に指を動かしていたが、すぐに指使いのコツを摑んだらしく、

「ほほう……これは面白い。さすが天竺の笛はようできておる。軽いゆえ持ちやすいし、音も柔らかくて良い」

まわりにいるみくたちのことは眼中から消えたようで、しばらく熱心に吹奏していたが、みくには目玉が次第に血走り、顔がなんだかどす黒くなっていくように見えて怖かった。

「あの……もうそのへんにしといた方がええんとちゃう？」

みくがいさめても、

「うるさい！　これはよい。この笛を極めて、わしは日本初の天竺横笛の家元になる。ふっふっふっ……。では、この笛はもろうてかえるぞ」

「あ、あかんて。これはうちが先に見つけたもんや。うちがお奉行所に届ける」

「飴売りの分際で意固地なことを申してもはじまらぬ。そこの娘どももよう聞いておけ。笛方というものは能にしても歌舞伎にしても男しかその職には就けぬ。われら能管吹きから見れば篠笛などおもちゃのようなもの。おまえたちがいくらぴーぴー吹いてもただの遊びにすぎんのだ。よう心得ておけ」

ぬいが、

「私には笛のことはようわかりませんが、今はともかくそのうちに女でも笛方になれるような世の中が来るのやおまへんやろか」

「せいぜい夢を見ておれ」

四人の女の子たちはしゅんとして下を向いたが、みくは決然として、

「あのなあおっさん」

「お、おっさん？」

「おまえなんかおっさんで十分や。えらそうなこと言うてるけど、それやったらうちと笛で勝負するか？」

「勝負だと……？」

逆巻はしばらく考えていたが、

「やめておこう。わしは逆巻流の家元……つまり観世《かんぜ》流座付きの身分。われら能管吹きが篠笛吹きと勝負するなど家名にかかわる。おまえらは祭りのときに踊りながら吹いておればよい」

「なんやと！」

そのとき、

「すんまへん。こちらに篠笛職人のみくさまとおっしゃる方がお住まいだすか？」

へこへこ頭を下げながらふたりの男が入ってきた。ひとりは恰幅がよく、着物も小袖から羽織から帯、帯紐に至るまで金のかかった、いかにも大店の主といった拵《こしら》えであった。もうひとりもきちんと羽織を着て、格子縞《こうしじま》の小袖を着ている。ふたりともこの貧乏長屋には場違いな見かけであった。

「みくはうちだすけど……今ちょっと取り込み中やねん」

とまどいながらみくがそう言うと、格子縞の方が、

「蛸兵衛から、あなたさまが黒い横笛を拾ったとききましたのやが、まことでございますか」

「そやけど……あんたらだれ？」

「これはこれは申し遅れました。手前どもは高津五右衛門町の唐物問屋宝岩堂のもので、こちらが主の岩太郎《いわたろう》、手前は番頭の浄助《きよすけ》と申します」

番頭は菓子折りを差し出しながら、

「その笛を拝見願えませんか。と申しますのは、少しばかりまえに黒い天竺笛を紛失いたしまして、もしかしたらみくさまが拾うた笛がそれやないかと……」

「それやったら、そこにいるおっさんが持ってるわ」

岩太郎と浄助は逆巻を見た。逆巻は、後ろ手に隠した横笛をしぶしぶまえに出した。宝岩堂主従の顔が輝いた。

「こ、これや！」

「旦さん、よろしゅおましたなあ！」

ふたりは手を取り合わんばかりに喜んだあと岩太郎が逆巻に、

「失礼ながらどちらさまで……？」

「わしは逆巻流の笛方で逆巻七五郎と申す。この笛はわしがもろうてかえろうと思うていたところだ」

みくが、

「それは困ります。手前どもにとって大事なもの。お譲りするわけにはまいりません」

「うちはこれを東横堀沿いの土手で拾うたんやけど、そんなところに落ちてたことに心当たりはおますか？」

岩太郎と浄助は顔を見合わせた。浄助が、

「へ、へえ……普段は大事に蔵のなかにしもとりましたのやが、ちょっといろいろおまして、その……」

「いろいろ、ゆうのはなんだすねん。それがわからんかったら渡されまへん」

「ここだけの話にしとくんなはれ。つまり……蔵に賊が入りまして、そいつに盗まれましたのや」

「なんやて？」

みくは大声を出した。

「それは聞き捨てならんな。宝岩堂さんに賊が入ったゆう話は聞いてないで」

「世間には内緒にしとりますさかいな」

「なんでやねん。そんな事件があったらすぐに町奉行所に届けなあかんやないか」

「ははは……まるで目明しみたいなことを言いなはる」

「うちは目明しや」

みくは十手を手にして、浄助に突き付けた。浄助と岩太郎は蒼白《そうはく》になり、

「あ、あんたが目明し……」

「そや、悪いか？」

「篠笛職人としか聞いとらなんださかい……」

「なんで賊が入ったことを届け出せんかったか、話してもらおか」

「そ、それは……」

浄助は助けを求めるように岩太郎の顔を見た。岩太郎は、

「盗《と》られたものはなかったさかい、あまり騒ぎたてるのもどうかと思うて……」

「盗られたものはなかった？　この笛が盗られたやないか」

「それはそうだすけど……わしにとっては大事なしろものでも、世間的に見たらたかが笛一本。お上の手をわずらわすのも畏れ多いことと思たんだす」

「そういう考え方が盗人をはびこらせるのや！」

「すんまへん……あの……あの……」

岩太郎はおずおずと、

「なんや」

「このことはどうぞご内密に」

「お上に届ける気はないのん？　なんで？」

「うちの蔵は堅牢が自慢でおまして、それがあっさり盗人に入られた、と知られたら店の暖簾《のれん》にかかわります。横笛一本盗まれただけなら黙ってた方がよろし。なにとぞお上にはお届けにならんようにお願いいたします」

這いつくばうようにして懇願する岩太郎にみくは、

「うーん……」

腕組みをしてしばらく唸ったあと、

「なんで盗人はほかのものは盗らんと、この笛だけを盗んだのやろ？」

「さ、さあ、それは手前にもわかりかねます。たまたま目についただけとちがいますか？」

「宝岩堂さんは、この笛をなにに使《つこ》てたん？」

岩太郎が、

「うちは唐物問屋でおます。変わった異国のものがあったら仕入れて売るのが商売だす。この笛は天竺のもので、阿蘭陀《おらんだ》の東インド会社を通して長崎から仕入れましたのやが、音色が気に入りまして、手もとに置いとりましたんだす」

「ご主人が吹いてはったんだすか？」

「まさか……わしに吹けるかいな。九輔ゆう専任の笛吹きをひとり雇うておりました。けど、急に身体の具合が悪うなって、こないだぽっくりと死んでしまいましてなあ……」

「専任の笛吹き！　えらい力の入れようやなあ」

「異国の笛はやっぱり勝手がちがうらしゅうて、なかなか吹きこなせるものがおりません。――おみくさん、どうだっしゃろ。うちに来て、この笛吹いてもらえまへんやろか。もちろんお金は払います」

みくはかぶりを振って、

「やめとくわ。この笛、吹けんことはないけど、吹いてたら心の臓が痛くなってくるのや」

岩太郎がぎくりとした顔つきになったとき、逆巻七五郎が、

「わしも吹けるぞ。こんな小娘よりずっと上手くな」

そう言って腕まえを誇示するように笛を吹き始めた。たしかに太い、いい音が鳴っていた。岩太郎の顔が明るくなった。

「お……おお……すばらしい！　もしよかったら、うちに来て、この笛吹いてもらえまへんやろか」

「金はいくらもらえるのだ？」

「それはもうたんまりと……。なんちゅうたかてお能の笛方の大先生。死んだ九輔に払うてたよりも倍、いや三倍支払いまっさ」

岩太郎は逆巻の耳もとでなにやらごそごそとささやいた。逆巻は眉根を寄せ、

「なかなかの大金だ。――よろしい、この笛、吹いてつかわす。ただし、笛方としての仕事の合間に、ということにしてもらいたい」

「それはもう……。うちとしましても、こんな篠笛作りの女子より逆巻流の先生に吹いていただく方がありがたい」

失礼極まりない物言いである。すぎ、かな、さゑ、うめも口々に、

「なに言うとんねん、このおっさん！」

「わてらの師匠馬鹿にしたらただではおかんで」

「口に雑草突っ込んだろか」

「下駄でみぞおち蹴ったろか」

岩太郎はぶるぶると顔を左右に振ると、

「ああ、裏長屋の小娘はガラ悪うてかなわん。わしの用事はもう済んだ。先生、まいり

まひょ」

「うむ、わしもかかる裏長屋に長居はしとうない。おまえの店に行って、一献酌み交わしながらゆるりと向後のことについて相談いたそうではないか」

「かしこまりました。——浄助、仕出し屋に言うて酒肴《しゅこう》の支度を頼む」

岩太郎は立ち上がると、みくたちを見渡し、大店の主とは思えぬドスの効いた口調で、

「この笛のことやわしが言うたことは全部内緒やで。もし漏らしたら……気の毒やがタダでは済まんのやさかいな。——あんたは目明しかもしらんけど、お役人に言うたら、この長屋に住めんようになるかもわからん。わしは本気や。そこの小娘どもも、長屋追い出されとうなかったら言うこときいてんか」

そう言い捨てて三人はみくの家を出ていった。みくが、

「あんたら勇ましかったなあ」

そう言って四人娘の顔を見ると、皆、涙を浮かべている。

「ほんまは怖かってん」

「あの笛方のおっさん、鬼みたいな顔をしてた」

「そうかそうか。怖い思いさせてごめんな」

そのあと、みくが黙って考え込んでいるのでぬいが、

「どうしたんや?」

「おかしいな。あの態度はどう考えてもおかしい」

「宝岩堂さんのことか？」

「うん。たかが笛盗まれたことをなんで秘密にしたいのやろ……」

四人娘が声をそろえて、

「師匠、出番や！」

みくはうなずいた。

◇

その足でみくは東町奉行所に赴いた。江面可児之進に報告するためである。門前の腰掛け茶屋で待っているとすぐに江面はよたよたと現れた。

「ふーむ……なるほど。それは解せぬなあ……」

「そうだすやろ？　そんなに大事な笛やったら盗人に盗まれたことをお上に届け出るはずや」

「それをせぬのは、どこか後ろ暗いところがあるから、か……」

「どうにもこうにも気になりますさかい、しばらく例の化けものの探索から外してほしいんだすけど……あちらの方の進み具合はどないだす？」

「かんばしくはない。今日の昼間、道頓堀を大ウナギが泳いでいた……というものがいたが、昼酒に酔うていたらしくあてにはならぬ」

「どんなウナギだす?」

「船を飲むほどに巨大だったと申す」

「あはははは……ウナギやのうてクジラやがな」

「おまえは当分、宝岩堂をあたれ。なにかわかったら報《しら》せにまいれ」

「へ、わかりました」

みくは頭を下げた。

◇

その夜、油揚げとネギの熱々の味噌汁《みそしる》に冷や飯という夕食を食べ終えたみくは、ぬいが寝たあと、十手笛とヒョウタンを持って表に出た。一心寺《いっしんじ》までやってくると、寒風が地面から巻き起こる。

(寒《さぶ》っ……)

思わず身体をすくめる。墓場の入り口に手桶や柄杓《ひしゃく》の置き場がある。都合よく木の切り株があったのでそこに腰を下ろし、ヒョウタンを足もとに置いて十手笛を構えた。まわりにひとがいないことを確かめたうえで吹き始める。「妖星《ようせい》」という曲だ。みくの家に代々伝わる「秘曲」で、だれにも聞かせてはいけないらしい。冷え冷えとした空気を笛の音が貫き、糸のように縫い合わせていく。

みくはその曲に熱中し、ほかのことを忘れた。そして、ふと気づいたときにはすぐ横にひとりの男が立っていた。平安人《びと》のような烏帽子《えぼし》をかぶり、白の無紋狩衣《かりぎぬ》を着た公家《くげ》のような人物だ。年齢は三十ほどか。軽く白粉《おしろい》を塗り、描き眉をして、唇には鮮やかな紅をほんのわずかつけている。眼《め》つきは鋭く、細い。鼻梁《びりょう》が高く、頤《おとがい》は尖《とが》っている。

「酒《ささ》の匂いがする」

男はそう言った。

「このヒョウタンのなかや」

男がにやりと笑って手を伸ばしかけたのをみくはぴしゃりと叩《はた》き、

「『待て』や。ちょっとききたいことがあるのや」

「私は犬ではないぞ」

この公家風の男は垣内光左衛門《かきうちひかりざえもん》といい、十手笛で「妖星」を奏でると出現する。みくは「笛の神さん」だと思っていたが、その証拠はない。とにかくポッと現れてポッと消える。酒が好きである。この二点しかわかっていることはないのだ。

二百数えるあいだしか「現世《うつしよ》」にはとどまれないらしく、そのあいだに言いたいことを言って酒を飲んで去っていく。

「ききたいこととはなんだ」

「黒い天竺の横笛……知ってる？」

「………」

しばらく返事は戻ってこなかった。みくは光左衛門をじっと見あげた。光左衛門はヒョウタンに直《じか》に口をつけてぐびぐびと飲むと、

「バンスリだな。この世の横笛はすべて天竺のバンスリにはじまる、という説もある。エゲレスのフラウトや清国《しんこく》の笛子《てきし》なども もとはバンスリだと聞く。それを持っておるのか」

「御用の途中で拾たんや。宝岩堂ゆう唐物問屋の主さんの持ちものやったみたい」

「その笛をどうした」

「主さんに返したで。ちょっと吹いてみたけど、なんか気色悪い感じやった。まえにそれを吹いてたひとは病で死んでしもて、今度はお能の笛方の逆巻七五郎ゆうひとがえらい大金をもろて吹くことになったわ」

光左衛門はまた酒を飲み下すと、

「みく、その笛には近づかぬ方がよい」

「心配いらん。あんな笛、頼まれても吹きとうない。——なんか理由《わけ》があるんか？」

「いや……なにもない。ただ、ちょっとそう思っただけだ」

光左衛門はヒョウタンの酒をすべて飲み干すと、

「みく、おまえの嫌いなものはなんだ」

「うちが嫌いなもん……？　そやなあ、毛虫が嫌いや。見かけも気色悪いし、刺されるとめちゃくちゃ痛いからなあ」

「ところが、世の中には毛虫が死ぬほど好きだ、という人物もいるのだ」

「そんな物好き、おる？」

「いる。私の知り合いの姫君だ。毛虫はゆくゆく美しい蝶《ちょう》になる。美しくなるまえの姿に関心を持ち、さまざまな毛虫を集めて飼《こ》うておられた」

「姫君？　あんた、いつの時代の人間や」

「毛虫だけではないぞ。その姫は、芋虫、カマキリ、オケラ、イナゴ、ヒキガエル、ヤスデなども飼うていた。作りものだが蛇も愛《め》でていたな」

「かなりの変わり者やな」

「姫にしてみれば、勝手な好みからこれは美しいこれは醜いなどと決めつける方がよほど変わり者に思えていたことだろう。おまえは、食べものではなにが嫌いだ？」

「たいがいのもんは食べるけど、そやなあ……サンマの腸《はらわた》の苦いところ、あれは苦手かもわからん」

「ほーっほっほっほっほっほっ……あれは酒の肴《さかな》にもってこいなのだ。おまえが嫌いだと言うてもそれは万人に通じることではない。ひとの好みはまちまちだ。おのれが好きだ、というのはかまわぬが、それがすべての尺度だと思うととんだまちがいをするぞ」

「なんかややこしい話やな」

「みく……おまえにだけは申しておこう。じつは……もしかしたらこの大坂で大きな乱が起きるやもしれぬのだ」

「乱……？　戦ていうこと？」

「いつでも大坂を出られるよう支度だけはしておけ。——そろそろ刻限のようだな。では、さらばだ」

光左衛門は蛍のように消え失《う》せた。

「なんや、あいつ……。訳ありげなこと言うだけ言うて……」

みくは舌打ちした。

◇

「ほな、先生……頼んますわ」

白い月が六番蔵を見下ろしていた。宝岩堂の主は扉の阿波錠を開けると、逆巻七五郎にそう言った。逆巻はうなずき、

「この場で笛を吹けばよいのだな」

「さようでおます。よろしゅうお願いします。ただし、今からなにを見ても驚きなさらぬように……」

「先ほどからもったいぶった物言いだが、蔵のなかに一体なにがあるというのだ」

「それは……へへへ……へへへへ」

岩太郎は意味ありげに笑うと、蔵の戸を開け放った。なかから生臭い匂いが夜気に漂い出し、逆巻は思わず顔をしかめた。

「臭いな……なんの匂いだ」

そうつぶやいたとき、蔵の奥から妙な物音が聞こえてきた。どすんどすん、ばんばん、となにかがなにかに激しくぶつかる音、ずるずる……というなにかが這うような音、ちゅちゅちゅ……という多くのネズミの鳴き声、ちー っ、という鳥の声のようなもの……。

それらは次第に激しくなっていく。逆巻はぶるっと震えた。岩太郎は、

「おい、おまえら、うるさいぞ。ご近所に知れたらどうする。おとなしくせえ。今、先生に笛を吹いていただくさかい、気持ちを鎮めんかい」

そして、逆巻に向き直り、

「先生、笛を……」

「わ、わかった……」

逆巻はバンスリを構え、息を吹き込んだ。異国のものとおぼしき旋律が響き渡った。

「さすがは先生……九輔とおんなじ節ですな」

「この笛を吹くと、なぜか勝手に指がこう動くのだ。笛が……わしに命じておるような気がする」

そう言うと逆巻は笛に集中し、その旋律のなかに埋没した。なにかわからぬものが笛の奥底に潜んでいて、それがずるりと逆巻の頭のなかに入り込んだようにも感じられた。

（吹け……吹け……吹くのだ……副王に取り立ててやるぞ……）

そんな妄言ともつかぬ声が反響する。吹いているうちにその顔色はどす黒くなり、脂汗がにじみ出し、身体が小刻みに震えはじめたが、当人は気づいていないようだ。取り憑かれたようにひとつの旋律を繰り返し吹き続ける。やがて、蔵のなかの騒がしさは潮が引くように薄れていき、ついには静まり返った。

「先生、もうよろし」

岩太郎がそう言っても逆巻は吹くのをやめない。目を閉じ、この寒気のなか汗をだらだら流しながら異国の楽器を吹いている。

「先生……先生……」

岩太郎が袖を引っ張ると、ようやく我に返った様子で、左胸を押さえながらよだれをこぼし、

「うう……ううう……」

とうめいている。

「先生、大丈夫だすか」

「う……う……うむ……大丈夫だ」

そう言った逆巻の顔は歌舞伎の隈取《くまどり》が施されているように見えた。血管がすべて浮き出ているのだ。凶悪きわまりない顔つきになった逆巻は燭台をみずから持って蔵の奥を照らした。

「なるほど……そういうことか……」

「先生、日に一度、この笛を吹いていただかんと、こいつらが騒ぎ出しますのや」

「わかっておる。これからも毎日わしが吹きにきてつかわすゆえ、心配するな」

「おおきに……これがわしのたったひとつの道楽でおまして……」

「番頭はどうした」

「あいつはこういう高尚な趣味はわからんらしい。怖がって近寄ろうとしまへんのや。あとは専任の女中に餌を……」

そのとき、ふたりの背後で大きな音がした。振り返ると、塀のところになにかが見えた。岩太郎は明かりを掲げてそのあたりを照らした。黒くて長い、太い帯のような物体が塀を乗り越えて、庭に入ってこようとしている。

「先生、続きを……！」

うながされた逆巻はふたたび笛を吹きはじめた。その音色に誘われるかのように黒いものは彼らの方に近づいてくる。燭台の明かりを受けて、ふたつの光が輝いた。それは「目」であろうと思われた。岩太郎は相好を崩して、

「おお……阿奈子やないか。戻ってきたか！　先生……先生の笛のおかげで阿奈子が戻ってきよりましたで！」

逆巻は顔をこわばらせながら、ずるりずるりと近づいてくる「それ」を見つめていた。岩太郎は、

「これでほとんどは戻ってきた。あとは……瘤平か。これも先生に毎晩吹き続けてもろたら、そのうちひょっこり帰ってきまっしゃろ」

そう言うと「阿奈子」の頭を撫《な》でた。阿奈子は勝手に蔵へと入り、つづらのなかに収まった。

四

「というわけで、うちらは宝岩堂に探りを入れることになった。あんたらもそのつもりでな」

翌朝、家に来た喜六と清八をまえに、みくはそう言った。清八は手を打って喜んだ。

「ははは……これでしょうもない化けもの探しから離れられるわ。よかったよかった」

みくは一応、

「お上の御用にええも悪いもない。くだらんように思える事件に、案外、ひょんな悪事が隠れてるかもしれんのやで」

親方の威厳を示そうとして江面の言葉をそのまま口にした。

「せやかて地面に足がついてる御用やないとどうも頼りない。化けものなんかおるはずがおまへんがな」

喜六は不快そうに、

「わてはたしかに見たのや。あれは化けものやった」

みくは、

「あんたを疑うわけやないけど（ほんまは疑《うたご》うとるけど）、人間だれしも見間違い、聞き間違いゆうことはあるわな。風に吹かれた柳の枝が幽霊に見えたり、フクロウが飛び立ったのが魔物に思えたり……」

「いや、あれは絶対大ウナギでおました！」

清八が笑いながら、

「まえにふたりで酔っぱろうて夜なかに大川の土手を歩いてたとき、おまえが急にじたばたしはじめて、『助けて、清やん！　だれかに首筋摑まれてまえに進めん！　キツネに化かされてるのかもしれん！』ゆうて大声で叫ぶさかい、近づいてみたら、桜の枝が襟首に引っかかってるだけやったがな。キツネと桜の枝を間違えるやつが『大ウナギ』なんぞ言うたかて信用できるかい。どうせ小さいウナギを見ただけやろ」

「キツネと桜の枝は間違えても、大ウナギと小ウナギは間違えへん！」

　喜六はみくに向き直り、頭を下げた。

「親方、わてはこのまま化けもの探しを続けさせてもろたらあきまへんやろか。嘘ついてないことを証明したいんだす」

　みくは腕組みをしてしばらく考えていたが、

「よう言うた。ほな、喜《き》ぃ公《こう》は今まで通り化けものの方をやってよし」

「おおきに！」

　喜六は頭を下げた。

◇

　みくと清八は、宝岩堂に直にぶつかることはせず、まずは周辺の聞き込みからはじめた。

「ああ、宝岩堂さんなあ……」

みくは高津五右衛門町にある裏長屋を訪れた。数人の女性が井戸端で洗濯をしていたので、宝岩堂について知っていることがあったら教えてほしい、と言うと「噂話がなにより好き」みたいなひとりが、

「えらい商売繁盛してるみたいやで。主の岩太郎さんゆうのは内儀《おかみ》さんを亡くしてからこっち、後添いも迎えんと独り身のままや。息子さんがひとりおるさかい、跡継ぎについては安泰やけど、まだ小さいからな。あの店、なんぞあったんか？」

「そういうわけやおまへん。あそこにかぎらず、あちこちの唐物問屋を調べてるところだす」

みくは嘘をついた。べつのひとりが、

「そやろなあ。悪い噂は聞いたことないわ。あそこの旦さんはええひとやで。大店の主さんやのに、だれかれなく話しかけて、ひと当たりもええし、いつもにこにこしてはる。なかなかでけへんことやで」

三人目が、

「聞いた話やと、主さんは酒も飲まん、博打もせん、女遊びもせん、書画骨董《こっとう》茶道具なんぞに凝ることもない、俳諧も釣りもせん、歌舞伎や浄瑠璃《じょうるり》も見にいかん……なんの道楽もないらしい。いったいなにが楽しゅうて生きてるんかと思うわ」

「仕事ひと筋やねんなあ」

「たまにははめ外したらええのに」

「わてらはええけど、あんまり主さんが真面目やと、下のもんはやりにくいかもしれんわな」

みくが、

「そやそや。あそこは女子衆がよう替わるらしいけど、そのせいかもわからんな」

「宝岩堂にいてはって、今は辞めた女子衆さんに知り合いはおられませんか？」

三人はかぶりを振った。

「宝岩堂の近くで笛の音を聞いたことおまへんか」

「あるある！　あんた、よう知ってるな。夜中の子《ね》の刻（深夜零時）ぐらいになると笛の音が聞こえるのや。いっぺん向こうの旦さんにときどき笛の音がしますけど、あれはおうちのどなたかが吹いてはりますのか、てたずねたら、ああ、あれだすか、うちにもよう聞こえます、たぶん近所の暇なだれかやと思いますすけど、耳障りゆうほどやないさかい放っておますのや、て言うてはりました」

おかしい、とみくは思った。みくの家に来たとき、岩太郎は九輔という男に笛を吹かせていたが病死したので逆巻に吹いてもらう、と言っていた。どうして近所にそのことを隠すのだろう。笛を盗まれたことも町奉行所に知らせるな、と言っていたが……。

「お邪魔しました。これはお礼代わりに……」

みくは三人に飴をひとつずつ渡した。三人ともすぐに口に放り込み、ガリガリと噛んだ。笛の音は夜中にしか聞こえないという。みくは夜になってからもう一度出直すことにした。

一旦帰宅したみくは昼に炊いた飯を茶漬けにし、シラス干しの醤油をかけたものと大根の漬けものをおかずに出した。食べている最中に喜六がやってきた。足取りが重そうなので、おそらく収穫はなかったのだろう、と思っていると、案の定、疲れ切った表情でため息をつき、

「今日はあきまへんでしたわ。化けものの『ば』の字もない。『このへんで化けもの見たことおまへんか』てきいてまわっても、行く先々でアホ扱いされるだけだす」

「一日では見つからへん。あんたが自分で化けものの方をやりたいて言うたのやで。あきらめんと続けんかいな」

「せやけど、わてはたしかにこの目で見ましたのや。あいつら、大坂に飽いて、山の奥に戻りよったのやろか」

「化けものは山から来るとはかぎらへん」

「ほな、どこから来まんのや。海からだすか」

聞いていたぬいが笑って、

「海のまだ先の……異国から来たのかもしれんねえ」

ぬいはなにげなく言ったのだろうが、みくはなんとなくその言葉が頭に残った。

(異国か……あの笛も異国のもんやった……)

そんなことを考えていると、

「ああ、もう足が棒や。また、明日の朝早うから聞き込みに回りまっさ。毎晩報せにあがります」

「うん、今日はもう帰ってええわ」

喜六が帰ったあと、みくがもう一度身支度をしはじめたので、

「あんた、また出かけるんか?」

「そやねん。宝岩堂から笛が聞こえてくるのは夜中らしいから……」

「たいへんやねえ。気ぃつけて」

ぬいは、それが危険な任務だとわかっていても、

「行くな」

とは言わない。みくが父親の跡を継いで本職の目明しになったときからだ。逆に、飴売りに行くときに大雨や日照りだったら、

「今日はやめといたら……」

と言うこともある。そんな風に接してくれるぬいにみくは感謝していた。

外に出ると、北風が左右から吹きつけてきた。

（寒っ……なんか羽織ってきたらよかったな……）

そんなことを思いながらみくは宝岩堂へと向かった。もちろん大戸はとうに閉まっており、丁稚たちも寝ているらしくしんと静まり返っている。耳を澄ましながら裏手へと回る。やはり、なにも聞こえない。みくは勝手口に近づき、戸にそっと手をかけたが、なかから掛け金が下りているらしい。しかたなくみくは吹きすさぶ寒風のなかでじっと立ち尽くし、なにかが起きるのを待った。塀の内側からは、ずるずる……なにかを引きずるような音やどんどんとなにかが硬いものに衝突するような音、ちゅーちゅーというネズミの鳴き声などがかすかに漂ってくる。

およそ一刻ほどもそうしていただろうか。身体の芯まで冷え切ったころ、突然、柔らかな笛の音が聞こえてきた。みくはハッとして耳を傾けた。篠笛ならもっと鮮烈な、透き通った音のはず。異国の横笛……バンスリの音色だ。吹き手も逆巻七五郎にまちがいないだろう。そして、その音が聞こえた途端、塀の内側のさまざまな音はやんだ。

なんとかなかをのぞけないものかとみくは周囲を見渡したが、塀には穴も開いていないし、よじのぼれそうな手ごろな木もない。ぴょんぴょんと跳ねてみようかとも思ったが、気づかれては元も子もない。まさに「足をじたばたしたい気持ち」だったが、とにかく宝岩堂になにかあることはわかった。深夜に無意味に笛を吹くはずがない。みくはしばしその音色に耳を傾けていたが、まえに聞いたとき同様、なんとなく胸に黒い染みがじわじわ広がっていくような気持ちになった。軽い吐き気もする。しかし、すぐに笛の音はやみ、ふたたび静まり返ってしまった。あとはいくら待ってもなにも聞こえてこなかった。

みくはあきらめて、その場を立ち去った。

◇

数日はなんの成果もなかった。朝から清八と手分けして聞き込みをするのだが、「宝岩堂を辞めた女子衆」は見つからない。夕方、清八と別れて家に帰ると、四人娘が待っていた。

「遅い遅い！」

四人がツバメの子のように口を開けて一斉に文句を言う。

「今日、稽古の日やったかいな」

「そうやで、師匠。こないだそう言うてはったやん。忘れっぽいなあ」

かながそう言った。

「ごめんごめん。ほな、はじめよか。――うちが言うてたとおりに家で毎日稽古してたか？」

四人はうなずいた。

「吹いてみて。呂音《りょおん》の六だけをできるだけ長く、揺れへんようにな」

篠笛の音は、低音域を呂音、中音域を甲音《かんおん》、高音部を大甲音《だいかんおん》と呼ぶ。指穴は六つないし七つ開いており、唇に近い穴から六、五、四、三、二、一……と番号がふられている。かな、さゑ、うめ、すぎはひとりずつ笛を吹いた。

「なかなかええやん。でもな、音がまだひょろついてる。もっと強く吹いてもええんやで」

みくはそう言うと篠笛を口に当てた。澄み切った、太く、力強い音が響き渡った。

「うわあ、すごい音……」

「うちは外で吹いてるさかい、これぐらいの音を出さんとお客に届かんのや。やってみて」

四人は顔を真っ赤にして大きな音を出そうとしたが、上手くいかない。そのうちに息が切れてしまったのか、肩を上下させてはあはあいっている。みくは笑って、

「力んだかてあかん。ちょっとの息で軽う吹いても大きな音は出るのや」

みくはもう一度手本を示し、

「毎日吹いてたらそのうちできるようになるわ。ほな、指を動かす稽古や。順番に穴をふさいでいくで」
六、五、四、三……あたりまでは上手くいくのだが、最低音の二、一あたりになると

どうしても音が裏返る。

「そうっと息を吹き込むのや」

四人娘は真面目に稽古を続ける。

「今日はここまで。またおいで。家でお稽古しとくんやで」

「はーい」

そのとき、隣家のしげが入ってきて、

「もうお稽古終わりかいな。おせんべい持ってきたさかい、分けておあがり」

「おばちゃん、おおきに」

「今日はこないだよりずっと聞きやすかった。上達早いなあ。この調子やったらすぐに師匠より上手くなるんとちゃうか」

みくは、

「おしげさん、ありがとう」

「このまえのお返しや」

四人はみくからも飴をもらい、

「ここに稽古に来たらおやつに不自由せんなあ」

とにこにこ顔で帰っていった。ぬいが、

「すっかり笛の師匠ぶりも板についたねえ」

「へへへ……」

そこへ喜六が報告に来た。

「今日もあかんか」

「申し訳ない」

「うーん……」

「毎日、『化けもの見たやつはおらんか』てきいてまわるのも疲れました。今日も、見た見た、ゆうやつがいたから、どこでや！　てきいたら、座間《ざま》神社の化けもの屋敷で見た、言いやがる。ほんま腹立つわあ。――けど、わても、あれは見間違いやったのかも、と思てきましたわ」

「まあ、そうぼやかんと、もうしばらくがんばってみ。これ、当座の小遣いや」

みくはいくばくかの金を手渡した。喜六は顔を輝かせ、

「いつもすんまへん！　へへ……これで一杯飲める」

そう言って金を押しいただき、ふところに入れた。

◇

夕飯を掻き込んだあと、みくは十手笛を帯にたばさんだ。ぬいが、

「今夜もお出かけかいな」

みくはうなずいた。

「風邪《かぜ》ひかんようにな」

「けど……だんだん自信なくなってきた」

「あきらめたらあかんよ。ひょんなことから糸口が見つかるかもしれんのやで」

「うん……行ってきまーす」

通いなれた宝岩堂への道をみくは歩いた。いつものように裏口近くに身を潜める。真夜中頃、笛の音が聞こえてきた。

（今夜も、しばらくしたら鳴りやんで、なーんにも起こらんと、とぼとぼ帰ることになるのやろなあ……）

思い切って、勝手口の戸に体当たりして、なかに突入したろか、とも思ったが、そんなことをしたらなにもかも台無しになってしまう。暴れ出したくなるような気持ちをみくは我慢した。

笛の音がやんだ。しかし、そのあとの展開がいつもとは違っていた。急に裏口が開いたのだ。みくは地面に伏せた。なかから出てきたのは逆巻七五郎だった。みくはそっとあとをつけた。

◇

「親爺《おや》っさん、酒二合、早幕で頼むで」

いきつけの屋台の煮売り屋に飛び込んだ喜六は顔なじみの店主にそう言った。

「熱燗《あつかん》でええか」

「あったりまえやろ。この寒いのにぬる燗なんぞ飲んでられるかい」

「今日も御用かいな。精が出るな」

「親方と清やんはほかの件を手掛けてるさかい、わてひとりでやらなあかんからたいへんや」

「どんな御用やねん」

「化けもんや」

「はあ……？　しょうもない冗談《てんご》言わんといて」

「それが冗談やないのや。じつはな……」

「わしも忙しいねん。あんたの冗談に付き合うてられへん。アテはなににする？」

「そやなあ……焼き豆腐もらおか」

親爺《おやじ》は鉢から焼き豆腐を小皿に取り、レンコンの煮つけとともに喜六に出した。

「レンコンなんか頼んでないで」

「もう、あとちょびっとしかなかったさかい、おまけや」

「そらありがたい」

燗がついたので、親爺はちろりを喜六のまえに置いた。喜六はあっという間に二合の酒を平らげ、

「親爺っさん、お酒、もう二合や」

「大丈夫かいな、そないに飲んで……」

店の親爺が顔をしかめながらも、ちろりに酒を入れた。

「アホなこと言うな。このぐらいで酔うたりするかい！」

「ちゃうがな。わしは、ふところの方は大丈夫か、と言うたのや」

「そっちかいな。それやったら心配いらん。今日は親方から小遣いをもろてきたのや」

「頼むで。うちはツケはきかんさかい……」

「わかってるわかってる」

そこにふたりの男がやってきた。ひとりはのっぽでひとりは背が低く、太っている。もうすでにかなり酔っぱらっているらしく、千鳥足である。

「凡太、ここで飲みたそか」

背の高い方が言った。太った方が、

「それはよい思案じゃ。こう寒うては凍えてしまう。もうちいっとばかり飲みたいと思うていたところじゃ」

「おまえの『ちいっとばかり』は何升やねん。——親爺っさん、熱燗で二合や」

「承知しました」

太った方が、

「あと、レンコンの煮つけをくれ。わしはあれで飲むのが一等好きじゃ」

親爺が、

「すんまへん。レンコンはもう終わりましたんや」

「なーにー？　わしの大好物がないとはどういうことじゃ！　さては、わしらが来るのに気づいて隠したな」

「そんなことしますかいな。宵からレンコンの注文が多かったんで……ほかのもんではあきまへんか」

「ならば、今から新しく拵えろ。できあがるまで待っておる」

「悪い酒やなあ。あ、いや、なんでもおまへん。それが生のレンコンももうおまへんのや」

太った男は屋台に手をかけてぐらぐらとゆすりはじめた。

「レンコン、レンコン、レンコン、レンコン……レンコンを出せえ！」

屋台がみしみしいい始めた。背の高い方が、

「こら、やめえ！　おまえは力が強いさかい、こんな屋台ぐらいもみ潰してしまうやろが！」

それを聞いて親爺は蒼白になり、

「明日の朝一に、天満の青物市場で仕入れてきますよって、今夜は堪忍しとくなはれ」

見かねた喜六は、

「あのー……あんさん、よほどレンコンがお好きとみえますな」

「そらそうじゃ。わしが相撲取りであった時分、兄弟子に言われた。レンコンは穴が開いとる。向こう先が見える。おまえもレンコン食うて向こう先が見える相撲取りになれ、とな。わしはレンコンを好むようになったが、いくら食うてもまるで向こう先は見えん」

兄貴分らしい背の高い男が、

「こら、凡太……！　ええ加減にせえ」

そのとき喜六が、

「これ、まだ箸つけてまへんのやが、よかったら食べとくなはれ」

そう言ってレンコンの小皿を凡太という男に差し出した。

「え……？　よろしいのか？　こりゃうれしい！」

凡太は舌なめずりをしてレンコンを口に入れ、

「あー、レンコン……」

うっとりした顔でそう言った。喜六は腹のなかで大笑いしていたが、

「おもろいお人やなあ。こうしてここで会《お》うたのもなんぞの縁や。まだ燗がついとらんみたいやし、わての酒、飲んどくなはるか」

兄貴分が、

「それはあんまり申し訳ない」

「かまへんかまへん。あんたらの酒が燗ついたら、返してもろたらよろし。――さあ、どうぞ」

喜六はふたりに自分のちろりから酒を注《つ》いだ。こうして三人は仲良くなり、盃《さかずき》を交わし合った。喜六はすっかり楽しくなり、どんどん酒をお代わりしたので、どう考えてもみくにもらった小遣いでは足らないだろうと思えたが、もう止まらなかった。べろべろに酔っぱらった喜六は、

「ほたらなんですかいな、あんたは元相撲取りやと……」

凡太が、

「そうじゃ。力は強いが技が覚えられぬゆえ、親方からおまえは相撲に向いてないとクビにされてしもうた。しかし、今でも力だけはだれにも負けぬ自信がある」

「そらええ！　どや、一番行こか」

そう言って喜六は自分の太ももをぴしゃりと叩《たた》いた。兄貴分が、

「やめとけ。こいつは元玄人《くろうと》やで。酔うとるさかい力の加減がわからん。怪我《けが》してもっ

まらんやろ」

「いや、わてはどうしても相撲がとりたい」

凡太も、

「素人衆に勝負を挑まれて後ろは見せられん。よしっ、かかってきなされ」

ふたりは屋台のまえでがっぷり四つに組んだ。喜六が、

「うう……さすがに……腰が重いなあ……足が地面から生えてるみたいや……」

やがて、投げの打ち合いになり、喜六が前のめりに倒れるかと思いきや、ぎりぎりで踏みとどまり、くるりと向き直って、凡太の足を払った。不意をつかれた凡太はつんのめりながらも喜六につっぱりを食らわせようとした。しかし、喜六はその腕を抱えるようにふところに引き込んで、地面に引き倒そうとした。凡太は倒れざま、喜六の帯を摑んで金剛力でぐいっと引っ張り、喜六は空中をぶんと飛んで、そこにあった樽にぶつかった。居酒屋の親爺が、

「元力士の勝ちーっ」

兄貴分が、

「アホなこと言うてる場合やないで。——おい、おまえら、怪我はないか」

しかし、喜六と凡太は笑いながら立ち上がり、着物についた泥を払うと、肩を叩き合った。

「あんた、素人のくせになかなかの業師じゃのう」

「あんたも強いわ。今からでも相撲に戻れるのとちがうか？」

「さっきも言うたとおり、わしは力はあっても技が覚えられぬ。それゆえこんな泥……」

兄貴分が、

「あはははははは……泥がつくような目に遭う、ゆうことやな。さあ、飲み直そ」

三人はすっかり打ち解けて、なおも酒を飲んだ。

「そうだすか。源次さんとおっしゃりますのか」

「今後ともよろしゅうに」

三人ともほとんどへべれけである。源次が喜六に、

「あんた、おもろいひとやなあ。商売はなんだす？」

「それやがな……あんたらにききたいのやが、近頃、このあたりで、その……アレを見たことないか？」

「アレ？　アレてなんや」

「言いにくいなあ。わてはあんたらをなぶってるのやないで。いたって真面目にきいてるのやが……」

「わかったわかった。早《は》よ言わんかい」

「化けもん見たことないか？」

「ないわなあ。やっぱりあれはわての見間違いやったんや。すまんすまん、しらけるようなこと言うてしもて……」

「いや、あるわい」

凡太が言った。

「そやろなあ。化けもんなんてこの世におるはずがないわ。明日から親方の仕事に戻ろ」

「だから、見たことがある、と言うておるのじゃ」

「化けもの、妖怪、物の怪、お化け……そんなもんは絵草紙か芝居のなかにしかおらん。あんたらが見たことある、て言うのも当然……えっ？」

喜六は言葉を切り、

「あんたら、まさか化けもの見たことあるのか？」

「さっきから『ある』と言うておる」

喜六は凡太の襟首をつかまんばかりにして、

「いつどこでや！　どんなやつやった？　詳しゅう教えてくれ！」

「いや……訳あって詳しゅうは言えんのじゃが、『宝岩堂』という唐物問屋の六番蔵のなかで……」

「化けもん……？」

「な、なんやと！　宝岩堂やと！」

「声がでかいわい」

「これが叫ばずにおれるかい。とうとう生き証人を見つけたで！」

「なんのこっちゃ」

「どんな化けものやった？」

「わしらが見たのは、へのへのもへじの顔がついたやつじゃ」

　源次も、

「嘘やと思うかもしれんけど、ほんまなんや」

　喜六は、

「嘘やとは思わん。わてが探してるのはまさにその『へのへのもへじ』やねん」

「肌にぶつぶつがあってな、目玉が丸いのや。顔は小さいから子どもやと思う。とにかく怖かったわ」

「なにかされたんか？」

「いや、びっくりして逃げたさかい……」

「ほかに、馬鹿でかい大ウナギとか目の飛び出したトカゲとかは見かけへんかったか？」

「それは知らん。けど、あの蔵はおかしいで。床に小さいアオダイショウとかネズミがいっぱいおるのや。普通、蔵ゆうのはそういうのが入り込めんようにしてあるもんやろ」

「そやなあ。——けど、あんたら夜中になんで宝岩堂の蔵になんか入ってたのや？」

「そ、それはやなあ……」

源次が口ごもったとき、

「おい、貴様ら……」

すぐ近くから声がかかった。三人が見ると、恰幅のよい男が立っていた。

「そこのふたり、なにゆえ宝岩堂の蔵の様子を知っておる。ははあ、読めたぞ。貴様らだな、笛を盗んだのは！」

源次と凡太の顔がこわばった。

喜六が、

「おまえはだれや！」

男は答えず、脇差を抜いた。

「あの蔵のことを知っているものは生かしてはおけぬ」

言うなり、手近にいた源次にいきなり斬りつけた。

「ひえっ！」

源次はかわそうとしたが、左腕に傷を負った。男はつづいて凡太に襲いかかった。凡太は無謀にも正面から素手で受け止めようとしたが、肩を斬られてのけぞった。喜六はおろおろしながらも十手を抜いて男に向かって構えた。

「なに？　貴様は十手持ちか」

「聞いて驚くな。月面町のおみく親方の一の子方《こかた》、ちょかの喜六とはわてのこっちゃ。神妙にせえ」

「ははははは……そのへっぴり腰でわしを召し捕るつもりとは笑止！　宝岩堂の蔵の秘密を知った以上、貴様も殺してやる」

　そのとき、

「逆巻七五郎、御用だ！」

　叫びながら走り込んできたのはみくだった。喜六をかばうようにして十手笛を抜き、逆巻に突き付けた。

「親方あっ！」

　逆巻は顔を歪《ゆが》めると、

「たまたま通りかかったわけではあるまい。宝岩堂からわしをつけてきたな？」

「そういうことや」

　みくは、逆巻の顔つきがこのまえと比べて変貌していることに気づいた。目は吊《つ》り上がり、口は耳もとまで裂け、歯が尖っている。人間離れした容貌ではないか。

「女だてらに出しゃばると、その大事な顔に傷がつくことになるぞ」

「顔なんかどうでもええ。うちが守りたいのは大坂のみんなや」

「ふっふっふっ……おまえが必死で守ろうとしておる大坂は近いうちに戦で灰になる」

「なんやと……？」

みくは光左衛門がそんなことを言っていたのを思い出した。

「あんたこそ、えらそうに言うとるけど、武術ならうちの方が上手やで」

「そうかな……？」

逆巻は脇差を構えると、槍《やり》のようにまっすぐ突き出した。あまりに速すぎて切っ先が見えないほどだった。みくは飛び退《の》きながら十手笛で受け止めようとした。しかし、なぜか身体に力が入らず、脇差が十手笛に衝突した瞬間、よろよろと腰砕けになった。逆巻はにやりと笑い、

「約束どおり顔を斬ってやる。覚悟いたせ」

後ろから喜六が抱き着いたが、

「邪魔するな！」

そう怒鳴ると逆巻は人間離れした力で喜六を振りほどいた。喜六は吹っ飛んで地面に伸びてしまった。逆巻が脇差を構え直したとき、

「熱《あち》ちちちちー っ！」

逆巻に親爺がぐらぐらに沸いた湯をぶっかけたのだ。

「くそっ……！」

逆巻はでたらめに脇差を振り回したが、跳ね起きたみくが逆巻の両脚を十手笛で思い切り払った。

「ぎゃあっ」

逆巻は、

「貴様、覚えておれ！」

そう捨《す》て台詞《ぜりふ》を吐くと、暗闇のなかに走り去った。みくはへなへなとその場に膝を突いた。ようやく起き上がった喜六がみくに駆け寄り、

「親方、大事おまへんか」

「あ、ああ……大丈夫やと思う。それより、宝岩堂の蔵がどうの、て言うとったけど……」

「そ、そうだんねん！　とうとう見つけましたのや、化けもんを見た、ゆうやつらを。しかも、そいつらは宝岩堂の蔵のなかで見た、て言うとりますのや」

「そうか、でかしたで！　これで宝岩堂と化けもんがつながるやないか。そいつら、どこにおる？」

「えーっと……」

喜六は周囲を見渡したが、源次と凡太の姿はどこにもない。

「おかしいな……今の今までそこにおったのに……」

みくは喜六から事情を聞いた。レンコンの煮つけについて長々と話し始めたため、

「そんなことはどうでもええねん。化けもんについて早う言わんかいな」

「けど、ここからしゃべらなしゃべりにくい」

そしてようよう長い説明が終わった。

「うーん……あんたらが宝岩堂の蔵のことをしゃべってるのを逆巻が耳にして、斬りつけてきた、ゆうことやな」

「そうだす。いきなり脇差引っこ抜くやなんてむちゃくちゃや」

「けど、逆巻はそのふたりに『蔵から笛を盗んだ』て言うたのやろ」

「へえ、たしかにそう言うてました」

「ということは、そいつら盗人やないか。宝岩堂の蔵に押し入って、そこで笛を盗んだのやが、化けもんに驚いて逃げ出す途中でその笛を落としたのやろ。そんな連中に十手見せたら、おらんようになるわ。たぶん、もう二度と戻ってこんやろなあ」

「あ……」

「まあ、ええ。とにかく『へのへのもへじ』の化けものはほんまにおる、ゆうことや。その二人組が消えてしもたのは残念やけど、明日からまた性根入れて聞き込みしよ。宝岩堂と化けもんがつながってるのがわかったさかい、うちらとあんたが追いかけてるも

んはひとつや。これでやりやすうなったわけや。――さ、帰るか」

みくがそう言ったとき、煮売り屋の親爺がおずおずと、

「あの……まだお代をちょうだいしとりまへんのやが……」

喜六が、

「ああ、すまんすまん。なんぼや」

親爺が口にした金額は喜六の所持金を大幅に超えていた。喜六がみくに、

「親方、すんまへーん！　残りは払うとくなはれ」

「しゃあないなあ……」

みくがぼやきながら財布を出したとき、親爺が申し訳なさそうに、

「あのふたりとお知り合いみたいだすなあ。あいつらも支払いせんと去《い》によりましたのや。言いにくいけどあのふたりの分も……」

みくはブチ切れそうになった。

◇

「盗人ふたりに斬りつけた？　なんでそんな勝手な真似をしてくれましたのや！」

岩太郎は逆巻七五郎に言った。逆巻はふてぶてしく笑い、

「やつらはこの蔵に化けものがいる、と知っておる。口を塞がねば、おまえの秘密がバ

レてしまう、と思うたのだ。感謝してもらいたい」

「感謝もなにも……そいつら逃げてしまいましたのやろ？」

「だが、言い触らす勇気はもうあるまい」

「そ、そんなことより、先生……この注文書はなんだすねん！」

岩太郎は紙の束を逆巻に突き付けた。それは、長崎出島《でじま》の商館にいる書記役個人に宛てて、西洋の武器や弾薬などの輸入を要請したもので、名義は宝岩堂岩太郎になっている。

「わしは注文した覚えはおまへん。先生、あんたの仕業だすやろ。こんなに南蛮の武器を買うてどないしますのや。何千両、いや、下手したら何万両にもなりまっせ。戦でも起こすつもりだすか」

「ふふふ……そうだ、と言うたらなんとする」

「あんた、なに考えてますのや。これは抜け荷だっせ。わしが罪になってしまいますがな」

「おまえはすでに抜け荷をしておる。東インド会社経由で長崎から天竺の珍しい生きものを勝手に大量に買い付けておるではないか。それが露見したら、おまえは処罰される……」

「それは脅しでやすか？　あれだけ金を渡したのに……」

「おまえはもうわしの言うことをきくしかないのだ。わしとおまえとは一蓮托生《いちれんたくしょう》。まずは大坂を手中に収め、そのあと江戸に向かう。ことが成就したあかつきには、おまえを副将軍にしてやるぞ」

「そ、そんなおとろしいこと……わしはただ、こいつらを眺めていたいだけや。それがわしの幸せなのや……」

「あきらめろ。おまえはもうこのことに両脚を深く突っ込んでいる。いまさら抜けられぬぞ」

「あ、あんた……ただの笛方やないな。いったいなにものや！」

「わしはただの笛方だ。しかし、この天竺の笛には……悪魔が宿っていたのだ」

「悪魔……？」

「さよう。天竺の古《いにしえ》の悪魔……名は、阿修羅《あしゅら》という」

◇

「そうか……ついに化けものを見たという目撃者を見つけたか」

江面可児之進は低い声で言った。「化けもの」は実在したのだ。みくは、

「けど、そいつらは盗人やったみたいで、うちらが目明しやとわかると逃げてしまいました」

「ならば、もう見つけ出せぬかもしれんのう。残念なことじゃ。なれど、宝岩堂と化けもののつながりがわかったのは収穫ではないか。——と申して、宝岩堂がなんらかの悪事に加担しているという証拠はない。いきなり召し捕るというわけにはいかぬ。なおも探りを入れろ。町奉行所としても正式に詮議をはじめるよう、お頭にも申し上げるつもりじゃ。おまえもしっかりやってくれ」

「はいっ」

みくは頭を下げたあと、

「あのー……じつは今度の一件、いろいろとお金がかかっておりまして……」

「ははは、よいよい。おまえとおぬい殿に迷惑をかけているのは承知しておる。——当座の小遣いにいたせ」

江面は一分銀《いちぶぎん》を二枚みくのまえに置いた。

「えーっ！　これまでこんなにもろたことおまへんで！　いつもの始末屋ぶりはどないしましたんや。どうぞご無理なさらんように……」

「これっ、わしが日頃よほど手札を渡していないように聞こえるではないか。いらぬなら返してもらうぞ」

「あっ、いりますいります。ありがとうございます」

みくは頭を下げた。

◇

「いよいよことが動き出した。わしとおまえが手を携えればこの国に怖いものはない」

「王」はそう言った。王の名は阿修羅である。天竺ではアスラといい、神々と対立する悪魔である。強大な魔力を持つが、甘露《あむりた》という神薬を飲んでいないので、神々のような不死の存在ではない。

「おまえはこの国をあなどっている。そうたやすく成就はせぬと思え」

ふたりは阿修羅王の伸ばしている忌まわしい糸を使って会話しているのだ。

「ははは……ここにはわしを封じるだけの力を持つ神官はおらぬ。今の宿主は完全にわしの支配下にあり、わしの思い通りに動く。まえの宿主はわが力の強大さに負けて命を落としたが、此度《こたび》の男はもともと邪《よこしま》な性質《たち》ゆえ大丈夫だろう」

「このあとどうするつもりだ」

「わが影響力をじわじわと広げていき、支配下におくものたちを増やしていく。そのうち、注文した武器、弾薬が長崎から船で届くだろう」

「とてつもない大金がかかったろう」

「宝岩堂の財産をすべて費やした。わが手下にそれを配り、この近くにある城に攻め込むのだ」

「大坂城のことか？　馬鹿げたことを。大坂城には侍だけでも常時四千人ほどが在勤している。足軽や奉公人を加えればもっと大勢になる。すぐに皆殺しにされるだろう」

「皆殺しにされてもかまわぬのだ。わしはその間に大坂城代に憑依《ひょうい》し、わが傀儡《かいらい》とする。それから都に攻め上り、この国の皇帝に取り憑いて、全国の諸大名にトクガワ家討伐の勅《みことのり》を出させる。大名のなかには腹のなかでトクガワに反感を持っているものも多いと聞く。大義名分ができれば、大勢が賛同するだろう」

「なるほど。天竺で使った手だな」

「そうさ……あと一歩のところで見破られ、神官どもに寄ってたかってこの笛に封印されてしまったが、おまえがこの笛を吹いてくれればおそらく呪は解けるはずだ」

「そう言われても、わしも封じられている身だ。『妖星』という曲が奏でられたときだけ短時間外に出ることができる。しかし、その曲を吹けるのはみくという娘だけなのだ。あの娘は気まぐれゆえ、いつそういう気分になるかはわからぬ」

「心配いらぬ。あのみくという娘にわしが取り憑き、むりやり笛を吹かせればよい。おまえが外に出たら、殺してしまえ。たやすいことだろう」

「うーむ……」

「考えることはない。この国をふたりのものにできるのだぞ。おまえには西の半分をやろう。暗い笛のなかに閉じ込められているのがよいか、外に出て人間どもを顎で使い、好き放題するのがよいか……」

「それはそうだな……」

「あの娘は宝岩堂に目星をつけている。近々、おまえの棲む笛を持ってここに来るだろう。そのとき、わしはあの娘を我がものとする。あとはよろしく頼む」

「…………」

五

「親方ーっ！」

みくが家で十手笛を磨いていると、どたばたと足音を立てて清八がやってきた。血相が変わっている。

「なにかわかったんか？」

「へえ。今日は、清八ようやった、とほめとくなはれ」

「清八ようやった！　これでええか」

「あ、そや！　聞きましたで、親方、喜六に小遣い渡しなはったやろ。わしにもおくなはれ。喜六にだけ、いうのはズルいわ」

「あとでやる。――なにがわかったか、早う言わんかい！」

「そやったそやった。忘れてました」

清八は水を一杯飲んで息を調えてから、

「宝岩堂に女子衆奉公してた、ゆう女子が見つかりましたんや！」

「なんやて？」

みくは立ち上がった。

「安堂寺町《あんどうじまち》の大工の娘でおかめゆうのが一時働いてたらしい。知り合いの箒《ほうき》屋の娘が教えてくれましたのや。はじめは、内緒や、て言われてるから、て渋ってましたけど、心づけをたっぷり渡したらぺらぺらしゃべりよった。親方、その分は今日の手札に足しといとくなはれや」

「わかってる。——さあ、行こか」

「へいっ」

ふたりは表に出ると、北へ北へと道を取り、安堂寺町の長屋へとやってきた。当のかめという女は家にいたが、みくの話を聞いて当惑したように、

「わてはたしかに宝岩堂さんに奉公しとりましたが、そこでなにをしてたかは言わん約束だすさかい、どなたさんにかぎらずお話しはでけまへん」

「そこをなんとかお願いします」

「雇われるときも念を押されましたし、その分えらい高いお給金をいただいとりました。

辞めるときも、旦さんに釘《くぎ》を刺されました。絶対にしゃべることはできまへん」

「そんなに給金が高いのになんで辞めはりましたんや？」

「まあ、あれ以上はおれまへんわ」

その言葉にみくは食いついた。

「なんでです？」

かめは、しまったという表情になったが、

「なんでもおまへん。ちょっと気が変わった、ゆうだけだすわ」

清八が十手を抜いて、

「宝岩堂は後ろ暗いことに手ぇ染めてるかもしれん。それに加担してたとわかったら、あんたも手が後ろに回るかもしれんのやで」

かめは顔をひきつらせ、

「そ、そんなこと言われても……。もし、わてがここであんたらにしゃべったらどうなります？」

「少なくともお役人の心証は良うなるやろ。わしらからも、あんたが進んで話をしてくれた、と口添えしたる。雇い主に言われてしたことなら、よほどの悪事でないかぎり、罪にはならんと思うで」

「さ、さよか……」

少し心が動いたように見えたが、

「ああ、やっぱりあかんわ。旦さんを裏切ることになる。悪いけど、言えんわ。うっかり友達のお玉《たま》ちゃんにはしゃべってしもたけど、親類にも宝岩堂に奉公に上がってたことは言うてないのや」

「あの……おかめさん……うちらは……」

「帰っとくなはれ！　あんたらがそこにいたらうちにもこの長屋のみんなにも迷惑や。帰らんかったら塩ぶっかけるで！」

みくと清八は顔を見合わせた。みくはこれ以上は無理と考え、家を出るよう清八にうながした。

「残念やなあ……せっかく元奉公人が見つかったのに……」

「しゃあない。時間をかけて口をほぐしてもらお」

そのとき、

「おみく先生！」

声がした方に顔を向けると、四人娘のひとり、さゑだった。

「先生、なんでここにおるん？」

「御用の筋や」

「まさか、この家に用事やないやろな」

「そのまさかや。あんた、この家のひと、知ってるんか？」

「わての叔母《おば》ちゃんやねん。今日も、おかんのお使いで来たんや。まさか、かめ叔母ちゃんを召し捕るのやないやろな」

「いや……そやないんやけどな……」

みくは手短に、ここに来た理由をさゑに説明した。

「わかった。わてが口利いたる。叔母ちゃん、うちをかわいがってくれてるさかい、たぶん言うこときいてくれると思う」

さゑは家に入ると、かめにみくが自分の師匠であること、信頼できるひとであること、宝岩堂が近頃目撃されている化けものにつながりがありそうなこと、なにやら悪いことを企《たくら》んでいそうなこと……などを話した。かめはため息をつき、

「そうか……あんたに出てこられたら話さなしゃあないな」

みくは、

「決して悪いようにはしまへん。約束します」

「たしかにあれは『化けもの』に見えるやろ。わても最初はそう思た。けど……そやないねん」

かめは重い口を開いた。

◇

夜になるのを待ちかねて、みくは喜六、清八とともに宝岩堂へと向かった。いつもの勝手口近くに身を隠し、じりじり待つこと一刻あまり。

「先生、お願いします」

「よろしい」

そんな会話のあと、塀の内側からあの笛の音が聞こえてきた。途端に不穏な気配が広がった。

(今日こそ尻尾を摑んだる……!)

みくは意気込んでいた。

「喜ぃ公、清八……」

打ち合わせのとおり、清八はその場に四つん這いになり、喜六が清八に子亀のように乗り、最後にみくが喜六のうえによじ登った。

「清八、大丈夫か」

みくが土台の清八に声をかけると、

「親方こそ大事おまへんか」

「大丈夫……と思う」

　みくは塀に足をかけると、そこに立った。身を乗り出し、なかをのぞきこむ。六番蔵のまえにだれかが立ち、笛を吹いているのが月明かりに浮かび上がった。逆巻七五郎にちがいない。その横に立っているのは、暗くてよく見えないが、おそらく主の岩太郎だろう。逆巻は一心に笛を奏でている。その顔を見て、みくは驚いた。まえよりも人相がいびつで不気味なものになっている。もはや人形浄瑠璃で使う「酒呑童子《しゅてんどうじ》」のかしらのようである。

（あれも、笛のせいやろか……）

　みくはそんなことを思いながら逆巻を凝視していると、どこからか、ずる……ずる……という音が聞こえてきた。南側の塀の方からだ。そちらに顔を向けると、なにか黒い縄のようなものが垂れているのが見えた。その縄は、動いていた。

「せ、先生！　瘤平や！　瘤平が戻ってきよりました！」

　逆巻は無言で笛を吹き続ける。旋律に操られるように、縄はずるり……ずるりと塀を乗り越え、庭に入ってきた。みくはじっとその縄の動きを見つめていた。逆巻の笛はますます怪しげな響きを帯び、それにつられて縄は左右に蠢《うごめ》いている。やがて月がかげり、みくは縄を見失った。

「親方……なにが起きてまんのや」

　喜六のささやきに応えるゆとりもなくみくは庭のあちこちを探したが、縄を見つけることはできなかった。

（どこ行ったんや……）

そのとき、みくのすぐ目のまえに、いきなり太い杖を立てたようにそれが伸びあがった。ぶつぶつした細かいウロコに覆われた皮膚に、丸をふたつつなげたような模様……それが目玉と鼻に見えるのだ。

「へのへのもへじ……！」

みくが悲鳴を上げそうになったとき、「それ」はくるりと裏側をこちらに見せた。

「蛇……！」

たしかに蛇だった。しかし、その大きさはみくが知っているアオダイショウやマムシの比ではなかった。小さな頭部が鎌首の先についている。クワッと開いた口の上顎部には二本の鋭い牙があり、先端の割れた長い舌をちろちろと吐いている。岩太郎が、

「おお……おお……よう帰ってきてくれた。もうどこへも行くなよ。ここがおまえの家やで」

その蛇は、みくにからみつこうと首を伸ばした。

「ひえーっ！」

みくは塀から墜落した。したたかに尻を打ち、立ち上がろうにも立ち上がれない。勝手口が開き、なかから逆巻七五郎と岩太郎が現れた。みくは尻もちをついたまま後ずさ

りをしながら、十手笛をふたりに突き付けた。

「ようやくあんたらのやってることがわかったで。許しを受けてない生きものを異国から勝手に買い入れて、ここの蔵に隠して飼うてたのやな。その世話を、高給で雇うた女子衆にさせてたのやろ」

岩太郎は震えながら、

「そや。わしは子どものころから蛇やトカゲが大好きでな、小さなやつを飼うて楽しんでたけど、気持ち悪いゆうて親に全部捨てられてしもた。あるとき知り合いの学者から、天竺や清国、南蛮、亜米利加《あめりか》なんぞにはもっと大きゅうてかっこええのがいっぱい棲んでると聞いたのや。大人になって自由にできる金ができたら、思う存分買いまくったろ、と心に決めて、わしは商売に精を出した。それで……ようやくそういうことができる身の上になった、というわけや」

「けど、抜け荷やないか」

「だれに迷惑をかけるわけでもない。自分ひとりの楽しみや。目くじら立てんでもかまへんやないか。蛇もトカゲも蔵から出さんようにしてた。それでも許されへんのか」

「出さんように、て……出ていったやないか」

「そ、それは……盗人が悪いのや。蔵の戸を開けっぱなしにしたさかい、逃げ出してしもたのや。わしは悪うない。わしは……きちんと管理してた！」

「怖い毒蛇やったらどうするんや」

「天竺から取り寄せたこの笛を吹いたら、蛇もトカゲもおとなしゅうなって、言うことをきくのや。ずっと九輔に吹かせてたのやが、死んでしもたから、こちらの先生にお願いした。――おかげで、笛に惹かれていちばん大きい大蛇の阿奈子も、身体の色を変えるトカゲの加目礼音《かめれおん》も、海トカゲの伊具穴《いぐあな》も戻ってきたし、今、天竺の毒蛇の瘤平もやっと帰ってきた。これでほぼ全部や。――なあ、見逃してくれ。金ならいくらでも出す。わしはこいつらとともに過ごしたいだけなのや」

「言い訳は会所で聞こか。縄かけるのは堪忍したる」

岩太郎の顔が蒼白になった。横で聞いていた逆巻がまえに出ると、

「おまえはまんまとわれらを出し抜いたつもりだろうが、まことは飛んで火にいる夏の虫。わしはおまえが十手笛を持ってここに来るのを待っておったのだ」

「なんやて……？」

逆巻はふたたび異国の笛を吹き始めた。音が糸のようにみくにからみついていく。みくは身体の自由が次第に失われていくのを感じた。

「あ、あかん……喜六！　清八！」

振り返ると、ふたりは目をとろんとさせて地面に座り込んでいる。

「どないしたんや、喜ぃ公！　清八！」

みくは逆巻をにらみつけ、

「逆巻七五郎！　宝岩堂の抜け荷に加担した罪で召し捕る。神妙にしろ！」

「ふっふふふ……わしは逆巻七五郎ではない」

「なんやと……？」

「聞いて驚くな。わしは、天竺から来た阿修羅という悪霊だ。長らくこの笛のなかに封じられていたが、今、この国にて復活し、トクガワとやらを滅ぼすつもりだ。そのためには、娘……おまえにその十手笛を吹いてもらう必要がある」

仰天した岩太郎は、

「そんなこと聞いてまへんで！」

「ええ、うるさい！」

逆巻が手で払うようにすると、岩太郎はどさりとその場に倒れた。みくは、

「うちが言うこと聞くと思うのか！」

「わしは今からおまえに乗り移る。おまえはわしのしもべになるのだ」

「い、嫌や！　来るな！　あっち行け！」

みくは十手笛を振り回したが、逆巻は笛を口に当てたままゆっくりと近づいてくる。

「あきらめろ。わしの力には勝てぬ」

逆巻に見据えられると、みくの両手はみくの意思に反して勝手に動き、十手笛を口に

当てようとした。

「な、なんやこれ！　どないなっとんねん！」

「さあ、娘……十手笛を吹くがよい」

その声は逆巻のものとはまったく違っていた。その声と重なるようにして、逆巻は言った。

「みく殿……助けてくれ……わしは……悪《あ》しきものに乗っ取られておるのだ……このままではわしは……わしは……」

ふたたびその声に重なって、べつの声が言った。

「娘、吹け。『妖星』を吹くのだ！」

「なんであんたがその曲名知ってるんや！」

指の一本一本が別人のもののようだった。みくは息を吹き込み、ぎくしゃくと指を動かした。流れ出た旋律は、音程も拍子も不安定ではあったがたしかに「妖星」だった。

みくは息を止めようとしたが止まらなかった。

気がついたらすぐ横に垣内光左衛門が立っていた。光左衛門は逆巻の手から異国の笛を受け取った。みくは、

「あかん……吹いたらあかん！」

しかし、光左衛門は笛の歌口に唇をそっと当てた。みくはなんとかして光左衛門につ

かみかかろうとしたが、身体がこわばって動かない。そして……。

べきっ……。

光左衛門が異国の笛をへし折ったのだ。笛のなかからみくには聞こえない悲痛な声がした。

「ぎゃあああ……なぜだ……なにゆえ……」

光左衛門は、

「すまぬな。もうしばらくこの娘との付き合いを続けたいのだ。どうやらこの娘を気に入ってしまったようでな、おまえに乗っ取らせるわけにはいかぬ。とっとと地獄へ行け」

その表情はいつもの公家然としたものではなく、いかめしく、傲然としていた。

「き、貴様も……ではないか！　人間の味方のような真似をするなど……言語……道断……」

光左衛門は折れた異国の笛をなおも踏みつけ、

「笛を壊すのは私の本意《ほい》ではないが、貴様を消滅させるためにはやむをえぬ」

つぎの瞬間、逆巻が白目を剝《む》いて地面に崩れ落ちた。光左衛門が口笛を軽く吹くと、かたわらに大きな犬のような動物が出現した。胴体の色は白と黒で、手足の色は黒い。鼻先が長く、垂れている。目は半開きで眠そうだ。

「バクよ、こいつらの悪夢を喰《く》ろうてしまえ」

その動物はみく、喜六、清八、岩太郎、そして逆巻に順番に近づき、長い鼻を皆の額にあてがうと、

「ハホハホハホハホ……」

と言いながらなにかを咀嚼《そしやく》しているように口を動かしていた。五人はその獣と同じとろりとした目になり、そのまま眠ってしまった。獣は、ゆっくりとその形が周囲に溶けていき、しまいには姿を消した。光左衛門は満足そうにうなずくと、おのれもフッと消えた。

◇

「なにも覚えておらぬ、とな……？」

翌朝、腰掛け茶屋で江面可児之進はみくに言った。みくは悄然《しようぜん》として、

「喜六と清八連れて宝岩堂に行きましたんやけど、気ぃついたら朝になってました……」

「ほかのものもそう申していた。岩太郎も逆巻も、おまえが乗り込んできたところまでは覚えているが、そのあとのことは靄《もや》がかかったようで思い出せないそうじゃ」

「気ぃついたら折れた笛が落ちてましたんや」

「捕り方を大勢出して、宝岩堂を囲むつもりであったが、おまえたちだけでかたをつけ

たとは立派なものじゃ。お頭からもいずれおほめの言葉があるであろう」

「へえ……」

「わしが昨日の夕方、おまえから報告を受けていたのは、宝岩堂の岩太郎は生来蛇やトカゲなどを愛《め》でるのが好きで、それが高じて、海外からひそかにそういった動物を買い付けていた。蔵において飼育していたそれら蛇類の世話を高給で雇い入れた女中にさせていたとのことであったが……」

「それは覚えてます」

「蔵のなかにいたネズミや蛇は、巨大な蛇やトカゲなどの餌として飼うていたものらしい。それを女中が日課として大蛇やトカゲに食わせていたのだ。いくら高給をもろうても、嫌になるのもよくわかる」

「蛇が蛇を食べるんですか」

「南蛮の蛇はそのようだな。おまえの報告のあとわれらが六番蔵を調べた結果、喜六が川で見た大ウナギは、町奉行所出入りの本草学者によると、穴昆太《あなこんだ》と申す大うわばみのようじゃな。太さは大人の腕ほど、長さは三十尺（約九メートル）もあるという。夜に活動し、鳥や鹿、魚、蛇などなんでも食うてしまうそうじゃ。水のなかでも自在に動けるらしい」

「はあ……」

「目が飛び出したトカゲは、加目礼音と申して、まわりの色に合わせておのれの肌の色を変える技を持っている。長い舌を伸ばして虫を食うというぞ」

「はあ……」

「背中にへのへのもへじに似た柄のある蛇は、瘤羅《こぶら》という毒蛇で、嚙まれたらかならず死ぬという猛毒を持っているらしい。岩太郎は、毒牙を抜いていたから安心だと思うていたようだが、蛇の毒牙はしばらくしたら生え変わるそうだ」

「ひえーっ」

「ほかにも、西洋や天竺あたりの蛇、トカゲ、亀なんぞも飼うておったようじゃ。わしにはそういう趣味はわからぬが……」

みくは、光左衛門が言っていた「虫めづる姫君」のことを思い出していた。他人にはわからないかっこよさ、美しさがあるのだと言い切った姫君はまさに岩太郎そのものではないか……。

(見かけなんか関係ないんやな……)

みくはそう思った。美醜も男女の差も虚妄でしかないのだ。

「岩太郎はどうなりますか」

「抜け荷の罪をつぐなったあとは、異国の生きものの購入につき奉行所の許しを正式に受けて、見世物小屋を開くらしい」

これまで象、猩々《しょうじょう》（オランウータン）、ヤマアラシ、豹《ひょう》……といった珍獣を異国から取り寄せ、見世物にした例は多い。

「逆巻七五郎は……？」

「笛を吹いただけゆえ咎《とが》めるわけにはいかぬ。かまいなし、ということじゃ」

（大丈夫かな……）

みくは思ったが、驚いたことにその日の夜、当の逆巻が訪ねてきたのだ。喧嘩を売りに来たのか、と思ったが、鬼のようだった顔立ちがもとに戻っている。逆巻はみくに頭を下げ、

「わしはあの笛を吹いて以来、なにかに取り憑かれたような気分になり、おのれを失っていた。みく殿が救うてくださらねば、なにをしでかしていたかわからぬ。これこのとおり、礼を申す」

「あ、いや、その……」

「女子は能の笛方にはなれぬとか、以前は随分と失礼なことを言うた。あの四人にも謝らねばならぬ。楽器は、男女に関わりなく楽しめるものでなくてはならぬ。いつぞや師匠に言われた教えを思い出した」

「それやったら……」

みくはあることを逆巻にささやいた。逆巻は、

「それはおもしろい」
そう言って大きくうなずいた。

◇

それからしばらく経《た》ったある日の昼過ぎ、月面町のみくの家から、

ぴーーーーっ
ぴっぴきぴーっ

甲高くて威勢のいい笛の音色が聞こえたかと思うと六人の男女が一列になって登場した。それぞれ手に篠笛を持っており、それを吹きながら歩くのだ。曲は陽気な祭り囃子だ。先頭はみくだ。大きなつづらを背負っている。そのあとかな、さゑ、うめ、すぎの四人が続く。四人ともまだ音は頼りないが笑顔で笛を吹き鳴らしている。しんがりは逆巻だ。おそらく能の笛方として、生まれてから一度も祭り囃子を吹いたことはなかろうが、これも笑顔である。

長屋の路地から表通りに出て、今宮戎に向かって進む。皆、のりのりで身体をゆすっての行進である。みくはたまらず、鉦を叩いて踊り出した。

「なんやなんや」

「おもろいやないか」

「『篠笛五人女』……惜しいな、ひとりおっさんが交じってるわ。おっさん、いらんぞーっ」

　大勢が集まってきた。

この飴なめたら
あっというまに
口のなかがお祭りや
ぴっぴっひゃらひゃら
ぴーひゃらら
憂さも忘れてお祭りや
甘うて美味しい
またなめたい
買うてや買うてや
大坂一の笛吹き飴や
買うてくれたら愛嬌に

笛をひと節奏でます
どんな曲でも吹きまっせ
ぴっぴっひゃらひゃら
ぴーひゃらら
晴れても飴でも
ぴーひゃらら

えべっさんの境内で、みくが歌い出した。みくと逆巻が二挺笛《にちょうぶえ》の妙技を聞かせ、そのあと四人娘がわらべ歌をほのぼのと演奏した。やんやの喝采を浴びたみくは、

「今日は商売抜きや。飴あげるさかい食べてや!」

そう言って、集まったひとたちにつづらから飴を渡した。大盤振る舞いである。

「うまいがな」

「ほんまや。今度は、買いにくるわ」

「お願いします!」

六人はひたすら吹き続け、踊り続け、歌い続けた。四人娘も、

「楽しいなあ。わてら、一生笛吹くわ」

「そやなあ。笛吹いていられるのて幸せや」

「もしかしたら笛吹くことを仕事にできるかもしれん」

逆巻が、

「そうだな。いつかそういう世の中が来る……そう信じてわしらは笛を吹き続けよう」

六人はそのあとも列を組んで行進し、今宮戎の境内をぐるりと回った。

（ええ気分やなあ……）

みくはそう思いながら進んでいると、まえにふたりの男が立ちはだかった。

「親方、お話がおまんのや」

「だ、だれや、あんたら」

「覚えてまへんか。煮売り屋で会うた盗人の源次と……」

「凡太でおます」

「なんの用やねん。うちら、今、忙しいねん」

「わてら盗人の足洗《あろ》うて今無職だすのや」

「それがどないしたんや」

「親方、わてらを手下にしてもらえまへんか」

みくは仰天した。

ぴーひゃら

その二　刀《かたな》を抜《ぬ》かないのはなぜ？

一

「もう我慢ならねえ！」

ひとりが叫んだ。

「俺もだ。一揆《いっき》を起こして、殿さまと黒鍬《くろしわ》の野郎をぶち殺すしかねえ」

べつのひとりが叫んだ。もうひとりが暗い声で、

「一揆は大罪だ。頭分《かしらぶん》は磔《はりつけ》になるぞ」

十数人の百姓が村はずれの地蔵堂のまわりに集まっている。皆、骨と皮ばかりに痩せこけており、その顔は苦渋に満ちている。

「磔がなんだ！　おめえは磔が怖いのか」

「怖くはないが……」

「日照りで田んぼも畑も干上がって、ひび割れができてる。鶏も売った。牛も売った。とうとう娘も売った。稗《ひえ》や粟《あわ》の粥《かゆ》も満足に啜《すす》れねえ。親が病気でも医者に診《み》せられねえ。

みんな痩せ細って飢え死にするのを待つばかりだ。どうせ死ぬなら殿さまと黒皺の野郎にひと泡吹かせてから死にてえ」

「そうだ。どっちにしても死ぬんだ。殿さまだか侍だかしらねえが、あいつらにも俺たちと同じ思いをさせられるなら命はいらねえ」

「この世は地獄だ。死んだら極楽浄土に行ける」

「浄土だ、浄土だ」

「近郷近在の村に触れを回せ。一揆だ、一揆だ！　代官所へ押し出せ！」

「まずは代官を血祭りだ！」

「代官所の武器を奪い取れ」

彼らが口々に叫びながら、村に向かって走り出そうとしたとき、

「待てーっ！　待て待て待て！」

彼らのまえに両手を開いて立ちはだかった侍がいた。歳《とし》は三十半ばだろうか。額を青々と剃《そ》り上げ、髷《まげ》は短く調えている。

「井筒《いづつ》さま……どうぞそこをお退《の》きくださいませ」

井筒半四郎《はんしろう》は広島の芸州《げいしゅう》秋山《あきやま》家に剣術をもって仕える指南役である。秋山家中には迅雷疾風流という流派が伝わっており、これを身につけねば秋山家では一人前の剣士として認められないが、井筒は「四疾神」と呼ばれる迅雷疾風流四天王のひとりだった。

「ならぬ。落ち着け。おまえたち、血相を変えていずれに参るつもりか」

「代官所でございます。凶作続きでこれ以上は逆さにされても鼻血も出ねえのに、代官の野郎は年貢を出せと言いやがる。殿さまはわしらの苦しみをよそに昼間から妾《めかけ》と酒浸り、政《まつりごと》のことなんか頭にねえ。それをいいことに城代家老の黒皺はやりてえ放題……わしら、堪忍袋の緒が切れたんでございます」

「おまえたちの気持ちはわかる。私も同じ思いだ。しかし、今、代官のところに押しかけては向こうの思うつぼだ。皆捕らえられて殺されてしまう。しばし待ってくれ」

「井筒さま、もう待ってられねえんです。もう何日もものを食ってねえ。売れるものは牛も馬も娘もせがれも売っちまった。どうやって待てばいいか教えてくれ」

「そこを待ってくれ、こらえてくれ、と言っておるのだ。たしかに殿もご城代もあてにはならぬ。だが、虎ケ石頼母《とらがいしたのも》殿がなんとかしてくださる」

虎ケ石頼母はこの国の次席家老である。

「虎ケ石さまだってどうせなにもしてくれねえ。わしらはもうなにも信じられねえんだ」

「いや、あのお方は信頼できるお方だ。私に、かならず領民の苦しみを救うと約束してくれた。私はそれを信じる。おまえたちも信じてほしい」

「なにをしてくれるというのかね」

井筒は声を潜めると、

「もうじき虎ケ石さまがここに来られる」

「えっ……」

「おまえたちと直《じか》に話したいそうだ。私はひと足先に来たのだが、そろそろ……あ、来られたぞ」

田舎道《いなかみち》を、馬に乗った老武士がこちらにやってくる。馬の手綱を引いているのは襤褸《ぼろ》に等しい着物を着た貧相な中間《ちゆうげん》だが、老武士のこしらえは立派で、場違いな感じがするほどだった。百姓たちはあわててその場に平伏《ひれふ》した。老武士は馬から下り、一同を睥睨《へいげい》した。髪は白髪交じりで、平坦《へいたん》で大きな顔には深い皺《しわ》が刻まれていた。

「おまえたちの難儀、この頼母、なんとか救いたいと思うておるぞ」

虎ケ石頼母が言うと、ひとりの百姓が顔を上げ、

「ありがてえお言葉……。でも、ご家老さま、お言葉で腹は膨れませぬ」

隣の百姓が、

「こらっ、なんてえことを言う。罰当たりめが」

「けど、ほんとのことでねえか。口で言うならなんぼうでも言える。救うてくださるならここに金か食いものを持ってきてもらいてえだ」

その百姓は虎ケ石に向き直り、

「ご家老さま、わしら、もう我慢ならねえんです。殿さまとあの腹黒皺《はらぐろしわ》の野郎をぶっ殺して、わしらも死ぬ覚悟でございます」

「今はまだそのときではない。おまえたちが旗を揚げても、黒皺殿の手のものに鎮圧され、その死は犬死にとなろう。それをわかっていながら許すことはわしにはできぬのだ」

「それでもかまわねえ。お願《ねげ》えします、一揆をさせてくだせえ」

「いいや、ならぬ。どうしても一揆を起こしたいならばわしを殺し、屍《しかばね》を乗り越えていくがよい」

百姓たちは顔を見合わせた。井筒半四郎も、

「頼む。此度《こたび》は思いとどまってくれ」

そう言うと両刀を鞘《さや》ごと抜いてその場に置き、土下座をした。高揚が少し冷めたらしい百姓たちは、

「俺たちが一揆を起こすのを止めるつもりなら、虎ケ石さまがなにをしてくださるのかを教えてくだせえ」

次席家老はうなずくと、

「おまえたちも知ってのとおり、当家……広島秋山家は二十万石の大身だが、名君の誉れ高かった先代に比べ、ご当代秋山義純《よしずみ》さまは愚昧の性質《たち》か、吉原《よしわら》から大金五千両で身

請けしたご愛妾《あいしょう》お千《せん》の方にうつつを抜かし、昼間から馳走《ちそう》を並べて酒浸り。政は城代家老黒皺七郎兵衛《しちろべえ》殿に任せきりだ」

秋山家には筆頭家老で城代家老の黒皺七郎兵衛、次席家老の虎ケ石頼母というふたりの国家老がいた。

「殿の寵愛《ちょうあい》をよいことに黒皺殿はやりたい放題。御用商人どもに賄賂を強要し、蔵の（米や産物）を大坂にて売却するときも、蔵元や掛屋に命じてかなりの高額で無理に売りさばかせ、差額をふところに入れていると聞く。空米切手《からまいきって》（先物取引）を乱発しており、御用商人からの借金も膨らんでいる。領民は天下の宝だというが、その宝が飢え、苦しんでいるというのに自分は贅沢三昧《ぜいたくざんまい》……」

「そのとおりでございます」

「わしは、殿や黒皺殿に連日嘆願を続けてきたが、おふたりは聞く耳を持っておられなかった。このままではまた大勢の餓死者が出る。それはなんとしても避けねばならぬ。やるべきときが来たようだ」

「えっ、それでは一揆を……」

「いや、待て。最後の手立てが残っておる。それが失敗したら、一揆を起こすがよい。そのときはわしも先頭に立とう」

「その手立てとは……？」

「ここだけの話だが、大坂において食料を調達する企てを考えている。それを廻船《かいせん》にてこちらに持ち帰り、おまえたちに分配するのだ」

そのあと虎ケ石が口にした「企て」というのは、身命を賭さねばできぬことであった。百姓たちは泣き始めた。

「そこまでわしらのことを……。わかりました。なにもかも虎ケ石さまにお任せいたします」

「おお……そうか。わかってくれたか！」

虎ケ石も涙を流しながらひとりひとりの手を取り、

「ならば、一揆に加わる村の主だったものに、かならず心ひとつにしてことに当たり、違背いたしませぬ、という起請文《きしょうもん》を書いてもらいたい。わしが預かっておく。それならばおまえがたも安心であろう」

「へえ……大坂での食料調達が上手《うま》くいくことを願《ねご》うております。わしらもすすんで磔になりたいわけではねえ」

「心得た。——ただし、このことはご城代やその一派には内密にな」

井筒半四郎も、

「なあに、心配いたすな。もし、なにかあったときはこの私をはじめ『四疾神』がおまえたちの味方としてともに戦うのだ。黒皺一派のへなちょこ剣士どもは皆、刀を抜くまえに倒れているだろう」

百姓たちは笑った。虎ケ石も、

「たのもしいことだ。できれば一滴の血も流さずにことを終えたいが、それが無理ならば、その血が最少となるよう努力しよう」

皆は次席家老に向かって頭を下げた。虎ケ石頼母は莞爾《かんじ》と笑い、

「では、くれぐれも自重をな……。わしは城に戻る。——利助《りすけ》、馬だ」

髪の毛がぼさぼさの中間は無言で馬を虎ケ石のまえに引いてきた。ひらりとまたがった虎ケ石は、井筒と中間を従え、急ぎ足で正面にそびえる秋山城へ向かっていった。

◇

秋山剣術指南役井筒半四郎の死体が発見されたのは、翌朝だった。朝草刈りに裏山に登ろうとした百姓ふたりが、畦道《あぜみち》に顔を埋《うず》めるようにして倒れ込んでいる井筒を見つけたのだ。助け起こしたときにはすでにこときれていた。左胸を鋭い刃物で刺されたのが死因のようだったが、凶器らしきものはあたりには見当たらなかった。

井筒は、野袴《のばかま》にぶっさき羽織、手甲《てっこう》、脚絆《きゃはん》という旅姿だった。おそらく次席家老虎ケ石頼母の命を受けて大坂の蔵屋敷に向かう途上だったのでは、と皆は噂《うわさ》した。旅の折、侍は刀の柄《つか》と鍔《つば》を「柄袋」というもので覆うのが普通だが、井筒はそれをかぶせていな

かった。居合いの邪魔になるからである。

そこまでの心配りをしていたのに、なぜか井筒は抜刀していなかった。

迅雷疾風流の達人である井筒は、日頃、剣術の極意についてたずねられると、

「相手より速く抜くことだ」

と言っていた。その井筒が刀を抜くことなく殺害されていることに迅雷疾風流を学ぶものは皆、震え上がった。

「井筒さんより速いやつがいるのか」

しかし、そのような使い手にだれも心当たりがなかった。井筒に匹敵する腕を持つ「四疾神」の残り三人は大坂の蔵屋敷にいた。そして、井筒は地面に指でなにか文字のようなものを書いていた。最後の力を振り絞って書き残した文言と思われた。それは「七」と読めた。

(七……黒皺「七」郎兵衛……)

口には出さなかったが、皆がそう思った。

◇

空に月はない。

寒天のようにでろりとした夜気が垂れ下がるのを感じながら、広島の大名秋山家の蔵

屋敷で陸目付を務める柿畑錬座衛門《かきはたれんざえもん》は供も連れず、みずから提灯《ちょうちん》を持って帰路を急いでいた。もう間もなく門が見えてくる。柿畑は急ぎに急いだ。今夜は大事な報《しら》せを皆に届けねばならない。秋山家は二十万石という大身の大名だが、そこの侍が小者も連れずに深夜歩いているというのには理由があるのだ。彼は廻船問屋桑名屋《くわなや》の大坂店からの戻りだった。

桑名屋は秋山家の御用商人で、本店は広島にある。御穀船《ごこくせん》という船によって広島から大坂へ年貢米や特産物を運ぶ役目を仰せつかっており、秋山家とは長い付き合いであった。

（桑名屋も腹を決めて我らに加担してくれることになった。これで万事はうまく運ぶだろう。ここまで来るのは長い道のりであったが、あとは十日後の本卦《ほんけ》の祝いを待つばかりだ）

柿畑は疲れた表情で微笑《ほほえ》んだ。

（これで領民を救う算段が整った。早く帰って留守居役の今東殿《いまひがし》にこのことをお知らせせねば……）

秋山家の大坂蔵屋敷は、他家の蔵屋敷が集まる中之島《なかのしま》からは少し離れた、ここ布屋町《ぬのやまち》にぽつんとある。すぐ南は薬種問屋が多い道修町《どしょうまち》で、この時刻にはすべての店が大戸を閉ざしており、か細い明かりすら漏れてはこない。

木枯しがきつい。

（提灯の明かりが消えぬように……）

と気遣いながら足早に歩く。今宵《こよい》は神無月の晦日《みそか》、新月である。提灯が消えてしまうと真の暗闇になり、秋山家では指折りの剣客として知られた柿畑でも、さすがに歩行は困難となる。蠟燭《ろうそく》の明かりはかなりか細くなっていた。

もう少しで蔵屋敷の白い門が見えてくる。柿畑が安堵《あんど》したとき、

「待て」

ふたりの侍が現れた。伸ばし放題の月代《さかやき》、無精髭《ひげ》、擦り切れた着流しという見かけから食い詰めた浪人だろうと思われた。

「城代家老の手のものか」

相手は答えない。

「馬鹿なやつよ。この柿畑錬座衛門に勝てると思うてか！」

彼は諸武芸に通じていたが、ことに迅雷疾風流という剣術道場の「四疾神」と呼ばれるほどの腕前で、国許《くにもと》にいたころは師範代を務めていた。「錬座衛門の抜刀、目にも止まらず」とは領内のだれかが言い出した言葉で、柿畑も内心それをうべなっていた。

ふたりの浪人は無言で刀の柄に手をかけたが、柿畑は抜かない。腰を深く落とし、左手で鞘を摑《つか》み、右手で柄を握っている。じれた左側の浪人が抜刀しようとした瞬間、柿

畑は提灯を投げ捨てた。提灯はぼうっと燃え上がった。浪人が刀を四分の一ほど抜いたとき、柿畑の白刃が鞘走り、浪人の胴を深々と斬り裂いた。浪人は、どうと倒れた。柿畑がもうひとりの浪人と向き合うと、彼は蒼白《そうはく》になり、

「す、すまん……拙者は手を引く」

そう言うと、倒れた浪人を引きずるようにして闇のなかに消えた。

「たわけめ……遅い遅い。わしより速く抜いたやつはおらぬわ」

懐紙で血を拭って納刀し、ふたたび歩き出そうとしたとき、突然、目のまえにひとりの人物が立ち塞がった。なんの前触れもなく、キノコが地面から生えたようににょきっと出現したのだ。柿畑はぎくりとしたが、こういうときは一瞬の分別が生死を分ける。燃えている提灯の炎が相手を照らす。頭巾を目深にかぶっており、顔はよくわからなかったが、もこもこしたどてらのようなものを着込み、妙な厚底の履物を履いている。大刀、小刀は持っていないようだった。

（通りすがりの町人か……？）

しかし、相手はこちらを向いたまま動こうとしない。

（やはりこやつも黒鍬殿の刺客か……）

武士ですらない人物を送り込んでくるというのは、

（わしをなめているのか……）

柿畑はそう思った。

「逃げてもよいのだぞ」

相手は答えない。

「ならば、斬る」

あなどった柿畑は、抜き打ちに斬り捨ててしまおうと、親指で鍔を押し上げた。一瞬で決まるはずだった。しかし……相手は突然、柿畑に向かってすたすたと近づいてきたのだ。まるで、斬ってくれと言わんばかりだ。

(なんだ、こいつは……)

柿畑は意表を突かれたが、気を取り直して刀の柄を握り直した。柿畑には自信があった。彼の抜き打ちは一撃必殺で、抜いたときには相手は倒れているのが常なのだ。

「素町人《すちようにん》め……死ね」

柿畑がそう言って刀を抜こうとしたそのとき……。

暗闇のなかでなにかがチカッと光った。柿畑の注意が逸《そ》れた。そして、

「ぐわああっ」

叫び声とともに、重いものがどたりと倒れる音がした。蔵屋敷のなかから、その悲鳴を聞きつけた数人の侍が現れ、提灯で周囲を照らしたとき、彼らが見つけたものは胸から血を流した柿畑錬座衛門の死骸だった。不思議なことに、斬り結んだ形跡はなかった。

柿畑は抜刀すらしていなかったのだ。

「どういうことだ……。柿畑氏《うじ》ともあろう使い手が、刀も抜かずに殺されるとは……」

「後ろからやられたのか？」

「いや、前方からのようだ」

「では、柿畑氏よりも手の速い相手ということか」

「わからぬ。つい先日、国許から同じく四疾神の井筒半四郎氏が斬り殺されたという報せが参ったが……関わりがあるのだろうか」

「黒皺殿の魔手が大坂にまで伸びてきたのか……」

「ならば我々も……」

「とにかく町方に見つかると面倒だ。なかに運び込め」

「下手人はまだ、そのあたりに潜んでいるかもしれんぞ」

「柿畑氏より強い相手だとすると、我らの手には負えぬ」

蔵屋敷の侍たちは死体を屋敷に運び入れ、門を固く閉ざした。

柿畑の死因は、細い錐《きり》のようなもので刺されたことだったが、公には病死として届けられた。蔵屋敷に勤める武士たちには夜間の外出禁止令が出された。日が暮れるとあたりはひと通りが絶え、不気味なほどに静まり返った。

「柿畑氏が殺《や》られるとは……」

「ご城代の放った刺客の仕業にちがいない。国許で殺された井筒氏は土のうえに指で『七』と書き残しておられたそうだ」

「七……黒皺七郎兵衛……」

「やはり、やつの仕業か。許せぬ、腹黒皺め！」

「このままではわしらまで殺される。ただちに国許に立ち戻り、黒皺にひと太刀浴びせねば気がすまぬ」

「俺もだ。このままむざと殺されてはたまらぬ」

「両名の仇《かたき》を討つのだ」

若侍たちが立ち上がろうとしたとき、

「待たっしゃい。おぬしたちはなすべきことを取り違えておる！」

部屋に入ってきた初老の武士がそう言った。蔵屋敷留守居役の今東鵜右衛門《うえもん》である。

彼は井筒半四郎、柿畑錬座衛門、杵塚主水《きねづかもんど》と並ぶ迅雷疾風流四天王「四疾神」のひとりに数えられる使い手でもあった。若侍たちは座り直し、

「留守居役さま、いかがいたしましょうか」

◇

今東は円座の中央に座ると、

「うろたえるな。今うろたえてはことを仕損じるぞ」

「ははっ……」

「柿畑を欠いた今、この蔵屋敷には、門番、奉公人、桑名屋から派遣されている仲仕《なかし》どもを除き、主だったものは十二名おる。その十二名全員がこの企《たくら》みに心あわせている。黒鍬派もしくは中立のものはひとりもおらぬ」

一同は顔を見合わせた。

「大坂蔵屋敷勤めの顔ぶれはわしがご城代には相談なしに人選した。此度の企ての中心となる場所は大坂ゆえ、わしが同志のみで固めたのだ。四疾神のうち三人までが配属になっていたのもそのためだ。それゆえ、こうして集まり、なにを話しても黒鍬殿に漏れる心配はない」

皆は円陣を狭めた。

「よう聞け。我らがなすべきは仇討ちにあらず。領民のために立ち上がること。――それはたしかに国の法には反しているかもしれぬ。だが、天の法には沿うておる。播州《ばんしゅう》浅野《あさの》家の事変を思い返せばよい。おのれの憤りのままに行動した主君のせいで家臣団は崩壊し、一部の馬鹿どもは仇討ちなどという捨て鉢なことを行って切腹したが、領民にはなんのお咎《とが》めもなかった。してみれば、国において一番大事なのは、君主にあらず武士にあらず……領民なのだ。領主が国替えになろうと改易になろうと領民は変わらぬ。此度のこと、その領民を救うための措置ぞ」

「ははっ」

「身分の高低にかかわらず、おのれがもっとも大事と思うておるもののためにひとりひとりが本分を尽くす。それが人間の生きている意味合いだ。ご公儀もわかってくださると思う」

「我ら一党、留守居役さまのそのお考えに共感し、ここに集っております」

「ならばよい。――黒鍬殿とその一派は今、十日後に迫っている殿の本卦の祝いの支度で寝る暇もないはずだ。殿はご愛妾お千の方にうつつを抜かし、政は放り出したままだ。我らは、その本卦の祝いの日にかねて打ち合わせてある計画を実行する。その日ならば、黒鍬殿とその一派は国許から動けぬはず。こころひとつにして十日後を迎えよ」

一同は頭を下げた。

「次席家老虎ケ石頼母殿の一心込めた説得が桑名屋の主《あるじ》を動かしてくれた。国許ではまもなく積み荷が始まるとのことだ。柿畑は桑名屋大坂店の番頭と打ち合わせた廻船のだんどりを我らに伝えようと心急《こころせ》きだったようだ。柿畑の苦心、無にするでないぞ。動揺することなく、粛々と企てを実行するのだ。ただし、邪魔するものがいたら、それがたとえなにものであろうと容赦はいらぬ。――斬れ」

「斬れとおっしゃるのはたやすけれど、留守居役さま、合点がいかぬはなにゆえあの『一撃必殺』の柿畑氏が抜刀もせずに殺されたのか、でござる。井筒氏もそうだが、あれほど強い剣術使いよりも手が速いなら、信じられぬぐらい敏速な剣士ということになるが、そんな魔物が存在いたしましょうや。同じ迅雷疾風流の使い手である留守居役さまにはなにかご存念がおありか」

「ふーむ……わしにもにわかには信じがたい話ではあるが……」

そのときひとりの侍が、

「わしが風呂屋で小耳に挟んだことだが……謎解きに優れた男がおるそうだ。そのものに、此度の件、なぜ剣の達人たちが抜刀せずに殺されたのかという謎を解いてもらえれば、我らも安堵できる」

「それがよかろう。その御仁は学者かなにかか？」

「いや……ただの隠居だそうだ」

「まことに謎解きの才があるのか？」

「当人が謎解き甚兵衛《じんべえ》と名乗っているのだから間違いあるまい。――留守居役、いかがでござろう」

「まあ、よかろう。くれぐれも我らの目論見《もくろみ》に気づかれぬようにな」

そう言った。

二

みくはその日、喜六《きろく》を連れて月面町《つくもまち》の見回りを行っていた。目明《めあか》しの仕事は事件が起きてからでは遅い、縄張りのなかを毎日こまめに見回って、なにかが起きそうな種を見つける方が大事や、というのが死んだみくの父宇佐七《うさしち》の口癖だった。

喜六が大欠伸《おおあくび》をして、

「あああああ……退屈や。町内がのどかすぎるがな。犬まで欠伸しとる。空気がゆるんでますわ。なんかこう……ドカーン！　と派手な事件が起きて、大坂中がビビるような騒動になって、それをおみく親方が喜六とともにズバッと解決、お奉行所からせんど（さんざん）ほめてもろてご褒美をいただく……てなことはおまへんかいな」

「アホか。うちのおとんがよう言うてたわ。事件が起きたあとで、それをしでかしたやつを捕まえて、手柄顔するのは間違いや、事件の種に気づかんかった、そいつに事件を起こさせてしもた、と悔やむのがほんまの目明しやで……とな。犬が欠伸してるやなんてけっこうやないか。のどかに越したことはないで」

「そらまあそうだすけどな……」

「けど、どんなにのどかに見えてても、悪いやつらゆうのはその裏でなんぞ企んどるもんや」

「たとえばどんな……？」

「たとえば……そやなあ、かどわかしとか」

みくがそう言った途端、

「たーすけてくれーっ！　たーすけてーっ！」

そんな声が聞こえてきた。すぐ近くからだ。

「なにすんねん、おまえら！　放せ、放さんかい！」

「おとなしくしろ。ききたいことがあるだけだ」

「ききたいことやったらここできかんかい」

「うるさい、黙っていろ」

「たーすけてーっ、たーすけてーっ、たーすけ……」

「黙っていろと申すに」

みくは、

「あの声は甚兵衛のおっちゃんや！　喜《き》ぃ公《こう》、行くで！」

「へい！」

ふたりは声のした方に走り出した。喜六の方がみくより足は速い。

「親方、先に行きまっせ！」

「頼むわ！」

途中からぐん……と加速して、その姿はみるみる見えなくなった。ようやくみくが追いついたのは甚兵衛の長屋から少し離れた四つ角だ。編み笠《がさ》で顔を隠したふたりの侍が甚兵衛を駕籠《かご》に押し込めようとしていた。侍につかみかかろうとした喜六は、あっさりと地面にぺしゃんこにされていた。これでは早くついてもなんにもならない。

「甚兵衛のおっちゃんになにすんねん！」

みくは十手を取りだし、侍たちに向けた。甚兵衛はみくに気づき、

「あっ、おみく坊！　助けてくれ。こいつら、わしをかどわかそうとしとるのや！」

侍たちは困ったように顔を見合わせ、

「そうではない。このものにききたいことがあるのだ」

みくが、

「それやったらここできいたらええやろ。当人が嫌がってるのに、なんで駕籠に押し込めて連れていくねん。かどわかしやないか！」

「いや……ちがうのだ。ひとにきかれては困る話で……」

もうひとりの侍が、

「こんな小娘にかかわりあっている暇はない。斬ってしまえ」

「なんだと……？」

「大事のまえの小事だ。騒がれたらひとが来る。急げ」

言われた侍は左手で鞘をつかんで押し下げ、親指で鯉口《こいぐち》を切った。

(居合いか……)

みくは一歩下がった。

「かどわかしのうえにひと殺しか。どこの家中や」

「………」

「好き放題するのは国許でせえ。大坂では、この月面町のみくが許さへんで」

「でやあっ！」

侍は抜刀した。みくは素早く体《たい》をかわし、十手でその刀を受け止めた。

「し、しまった……」

侍の顔が青ざめた。力で押し切ろうとしたが、みくの十手は刀に吸い付いたように離れない。

「女子どもだと思うて油断した。くそっ……！」

その侍は、みくが一番腹を立てる言葉を口にした。みくは十手を持ったまま、足で侍の鳩尾《みぞおち》を蹴り上げた。

「ぎゃっ」

侍はその場に仰向《あおむ》けに倒れた。みくはその喉に十手を突きつけ、

「もっかいきくで。どこの家中や」

「知るか！」

そのとき、ようやく立ち上がった喜六が、

「親方、駕籠が……！」

見ると、もうひとりの侍が、甚兵衛を乗せた駕籠とともにその場を離れようとしていた。

「待てっ！」

　みくが追いかけようとしたとき、倒れていた侍が立ち上がって、みくに後ろから斬りつけた。みくは間一髪かわしたが、侍の刀は勢い余って後棒の駕籠かきの肩を薙《な》いだ。

「ぎゃっ」

　駕籠かきが肩から血を噴いてよろめいたのをみくはかばうようにして、

「なにすんねん！」

と叫ぶと、手ぬぐいで手早く駕籠かきの血止めをし、侍と対峙《たいじ》した。侍は駕籠かきをにらみつけ、

「たわけめ！　邪魔なところにおるからだ。ぐずぐずしてないで早《はよ》う駕籠を出せ！」

　みくは大きく跳躍して、十手を侍の手の甲に叩《たた》きつけた。侍は刀を落とした。舌打ち

をした侍は刀を拾うふりをして土をつかみ、みくの顔に投げつけた。みくが目を押さえてうずくまったすきに、ふたりの侍は駕籠かきを急き立てて走り去った。

「親方、大事おまへんか……」

喜六が近所の井戸水で濡《ぬ》らした手ぬぐいをみくに渡した。

「アホ！　うちのことなんかほっといて、駕籠を追いかけんかいな！」

そうは言いながらも、みくはその手ぬぐいで目に入った土を拭い、

「まだ、ものがはっきり見えてないんかな……駕籠かきの顔が先棒も後棒もおんなじに見えた……」

侍が落とした刀を拾った喜六が、

「あいつら、なんで甚兵衛《じんべ》はんなんかかどわかしましたんやろ」

「さあ……ききたいことがある、て言うてたから、もしかしたら『謎解き甚兵衛』に解いてほしい謎があるのとちがうかなあ」

「目が利かんやつらやなあ。あんなおっさんに謎なんか解けるはずないのに……。それやったらおみく親方をかどわかした方がなんぼかましや」

「アホか。——とにかく探さんと……。恰好《かっこう》やしゃべり方からみて、浪人やない。どこその蔵屋敷の蔵役人やないかと思うねん」

「わてもそう思います。けど、蔵屋敷ゆうても百以上おまっせ。どうやって探しまんの

や」

「とにかく江面《えづら》の旦那にお知らせしよ」

みくはそう言って目をこすった。

◇

「邪魔だ、どけ！」

高麗橋《こうらいばし》の西詰を歩いていた目明しの一九郎《いちくろう》は、まえから来た物売りの老婆が荷の重さによたよたと歩いていたのを蹴飛ばした。老婆はよろけてその場に倒れた。大根売りが老婆を抱き起こし、

「ひどいことをしよる。年寄りはいたわらんかい！」

一九郎は十手を抜き、頬の十文字の刀傷を見せつけるようにして、

「てめえ、十手持ちに楯突《たてつ》こうってのか。面白《おもしれ》えじゃねえか。天満《てんま》の牢《ろう》にぶち込んでやろうか」

「なんや、目明しかいな。——おばん、こっちへおいで。相手が悪いわ。蝿《はえ》や、蝿」

大根売りは老婆を道の端に連れていった。一九郎は侮蔑の目で彼らをにらみ、

「ちっ……なにが『蝿』だ。どいつもこいつも癇《かん》にさわる野郎ばかりだぜ。面白くねえ！」

そう言って唾を吐いた。

高津《こうづ》の一九郎こと十変舎《じっぺんしゃ》一九郎は、もともと江戸日本橋通油町《にほんばしとおりあぶらちょう》を縄張りに十手風を吹かせていたが、いろいろと訳ありで八丁堀《はっちょうぼり》をしくじり、下《した》っ引《ぴ》きの弥次郎兵衛《やじろべえ》、喜多八《きたはち》とともに大坂にやってきた。みくが師匠と仰いでいた高津の檀吉《だんきち》が亡くなったとき、その縄張りの一部を引き継ぎ、今は東町奉行所定町廻《じょうまちまわ》り同心斧寺伊右衛門《おのでらいえもん》のもとで働いている。江戸にいたころは「強きを助け弱きをくじく」という方針のもとにお上のご威光を笠に金をせびり歩いていたが、大坂に来てもその方針は変えず、うえのものには媚《こ》び、下のものにはえらそうにふるまっていた。

しかし、大坂という町は、武士の権威が通用しないところがあり、いくら一九郎が十手を振り回しても、だれも本心から恐れ入らない。どこかこちらを嘲笑っているようなところがあり、それがまた一九郎を腹立たせるのだ。

昼過ぎに斧寺伊右衛門から呼び出しがあり、小遣いでもくれるのかと東町奉行所近くの居酒屋まで行ってみたら、さんざんの小言だった。斧寺自身が「強きを助け弱きをくじく」方針の同心なので、そのあたりは馬が合うのだが、斧寺にとっての「弱き」が一九郎なので、どうしても憤懣《ふんまん》のはけ口にされる。今日もどうでもいい最近のしくじりをねちねちねちねちねちねちねち……と叱られ、

「あまりに長いあいだ手柄を立てぬと、おまえたちだけでなくそれがしまでが奉行所内

で肩身の狭い思いをする。ああ……なんの役にも立たぬ手下を持つと苦労するわい」

と嫌味をてんこ盛りにされ、しまいには「もういい。帰れ」と言われて放り出された。

(仕方ねえ。飲み直そう……)

こうなったら飲むしかない。一九郎は知り合いの「亀五《かめご》」という煮売り屋が呉服町《ごふくまち》にあることを思い出し、遠路はるばるやってきたのだ。知り合いといっても、一九郎は一度も代金を払ったことはない。毎度ツケである。店側はさぞかし嫌がっているだろうとは思うが、それが一九郎にとっての「江戸のやり方」なのだ。

「御用聞きは町の連中を守ってやってるんだから、銭《ぜに》なんぞ払うこたぁねえ」

というのが彼の理屈だった。しかし、江戸では通っていたこのやり方が上方《かみがた》ではなかなか通じない。

(江戸が恋しいなあ……戻りてえなあ……)

そんなことを思うこともたびたびである。一九郎は母親を早くに亡くし、寄木細工の職人だった父親に男手ひとつで育てられたが、悪い遊びを覚え、仲間とつるんでろくでもない場所でろくでもないことをしているうちに、駿河町《するがちょう》の寛平《かんぺい》という地元の十手持ちに見込まれて下っ引きになった。父親は、

「目明しになりてえなら止めやしねえ。けど、どうせなら、世のためひとのためになるような目明しになれ」

さんざんそう言われたが、なかなかそうはいかない。十手風を吹かせて、町のものから小遣い銭を巻き上げ、博打《ばくち》を打ったり、酒を飲んだりしているうちに、父親は一九郎が二十歳《はたち》のときに死んだ。一九郎は暮らしのために本格的に御用聞きの修業をし、なんとか独り立ちして今日に至るのだが、

(戻るにしても、世話になってた白河屋《しらかわや》の旦那と大喧嘩《おおげんか》したあげく、江戸にだけお天道《てんと》さまは照らねえや、って啖呵《たんか》切って飛び出してきた手前、なにかこっちで大きな手柄を立てねえと、恰好が悪くて帰れねえ……)

先日もその白河屋から手紙が来ていたようだが、どうせ小言だろうし、見るだけで不愉快なので開封はしていない。

(それに……あのおみくのガキだ……！)

大坂ではおみくという小娘が生意気にも十手を持ち、ことあるごとに一九郎と張り合ってくる。ガキのくせに……と思うのだが、ときどき……いや、毎回、手柄を持っていかれてしまう。それがまた腹が立つのだ。

(一度あのガキ、ぎょふんと言わせてやらねえとな……)

そんなことを考えながらやってきた呉服町だったが……。

「なに？　休み？」

目当ての「亀五」の店先には「休みます」という張り紙があった。一九郎は店の戸を

叩き、

「おい！　俺だ、一九郎だよ。いっぺえ飲ませてくれろ！」

しかし、応《いら》えはない。

「居留守使ってるんじゃねえだろうな。飲ませろ飲ませろ。さもなきゃこの戸、踏み破るぞ」

しばらくして、がたがたという音とともに戸が少しだけ開き、憔悴《しょうすい》しきったような主が顔をのぞかせた。

「ああ……だれやと思たら高津の親方だすか。この張り紙が読めまへんか」

「読めるとも。でも、飲みてえんだ。いっぺえ頼まあ」

「無茶言いなはんな。こないだからの寒さでやられたのか、えらい風邪《かぜ》ひいてしもて、熱も高いし、咳《せき》もひどいし……とてもやないが酒なんぞ……ごほっ、ごほっ、ごほごほごほ……」

「こ、こら、こっちに唾を飛ばすねえ」

「そんなこと言うたかて……がはっ、げほっ、がほがほ……」

「顔を向けるな。うつっちまう」

「休みやて言うてるのに戸を開けさせたあんたが悪いのや。ああ、悪寒がする。悪寒がするさかい、お燗《かん》はでけしまへん。ははは……ええ地口ができてるわ」

一九郎は、

「邪魔したな」

「ほんま、邪魔やったわ」

皮肉を聞き流してその場を離れた。

（ああ、むしゃくしゃする。どうしてくれよう……）

行き交う連中が皆、彼より幸せそうに見える。一九郎は腹立ちまぎれに、その煮売り屋から数軒はなれたところにある酒屋に入り、「居酒《いざけ》（その場で酒を飲ませること）はやってない」というのを強引に酒を出させ、冷やで一升ほど飲んだ。もちろん金は払わない。十手を突きつけて、

「天満の牢に入りてえか」

と脅せば、たいがいの無理は通るのだ。ふらふらした足取りで高麗橋の方に引き返そうとした一九郎のまえから駕籠が一丁やってきた。なにやらやけに急いでいるようだ。駕籠かきは、ふたりともよく似た顔立ちで、双子の兄弟ではないかと思われた。駕籠の両脇には編み笠をかぶった侍がひとりずつ付き従い、同じ速さで駆けている。

「どけい！」

侍のひとりが一九郎を手で払いのけた。酒の酔いもあって、一九郎はよろめき、商家の壁に両手を突いた。

「この野郎！」

そうののしったとき、一九郎の脳裏にさっき突き飛ばした老婆の顔が浮かんだ。

（因果応報ってやつか……）

侍に向かって十手風を吹かすわけにもいかず、一九郎はあきらめて駕籠の行き先をぼんやりと眺めた。憤懣はますます募るばかりだ。しばらくすると駕籠はどこかの大名家の蔵屋敷とおぼしき屋敷の裏口のまえで止まった。侍のひとりが垂れを上げ、もうひとりがなかから手足を縛られた男を担ぎ出した。その顔を見て一九郎は驚いた。

（こいつぁおみくの知り合いのえーと……謎解きなんとか、そうだ、謎解き甚兵衛とかいうやつだ！）

侍ふたりは周囲に目配せをすると、甚兵衛を荷物のように抱えて裏口から屋敷に入っていった。駕籠かきたちもそれに続いた。おそらく蔵屋敷お抱えの棒のものなのだろう。

（かどわかしたぁどえらいことだぜ。けどよ、どうしてあんなつまらねえ親爺《おやじ》をかどわかしたりするんだ？　どうせなら金持ちのぼんぼんとか旗本の娘とかにすりゃいいじゃねえか。あんなしょぼくれた海苔《のり》屋の隠居をかどわかしても金になるめえ……）

そんなことを思いながら一九郎は裏口を見上げた。

（たしかここは……）

芸州秋山家の蔵屋敷であることを一九郎は思い出した。

（大手柄が向こうから舞い込んできやがった……！）

一九郎は指をぽきぽきと鳴らした。

◇

東町奉行所まで江面可児之進《かにのしん》を訪ねたみくに顔見知りの門番が、今日は非番なので家にいるのではないか、と言った。月面町から東町奉行所まではかなりの距離である。朝から歩き回っていたみくは空腹で倒れそうだったので、途中でうどんか団子でも食べようか、と思ったが、甚兵衛のことが気がかりだったのでそれは諦めた。みくは腹ペコのまま天満橋を渡り、同心町《どうしんまち》へと向かった。同心町というのは正式名称ではないが、天満の寺町《てらまち》の北側あたりに東西町奉行所同心の拝領屋敷が並んでいるところから、だれ言うとなく同心町と呼ばれるようになった。江面の屋敷はそのなかのひとつだが、五百坪の敷地があり門も長屋門という与力《よりき》の豪奢《ごうしゃ》なそれに比べると、同心屋敷は二百坪で貧相なものである。俸禄《ほうろく》はたった十石《じっこく》三人扶持《ぶち》なのだから、中間、小者を雇うこともままならぬ。

「江面の旦那、みくでおます」

門を入ったみくは玄関で大声を出した。

「おお、おみく坊か。うちに参るのは久しぶりじゃな。まあまあ、上がるがよい。今日は冷えるのう。ささ、炬燵《こたつ》で暖まれ。熱い茶を飲め。煎餅でも食うか？」

みくは上がり框《がまち》のまえで、

「ここで結構です」

「どうした。なにかあったのか」

「じつは……」

みくは甚兵衛がかどわかされた件について説明した。

「ふーむ……ききたいことがある、と申したのじゃな」

「はい……どこかの蔵役人やないかと思うんですけど……」

「それだけではわからぬのう。蔵屋敷を片っ端から当たるにしてもかなりの数がある。しかも、蔵屋敷のなかは大坂であって大坂ではない。その大名家の領内のようなものゆえ我ら町方が踏み込むのは容易ではないが、大坂の町民がその蔵屋敷に無理矢理連れ込まれたとあっては見過ごしはできぬ。大坂の町の衆の安全は我ら町奉行所の役目ゆえな。

——金目当てのかどわかしでないなら、二、三日したらひょっこり帰ってくるかもしれぬが……」

「そんなん待ってられまへん。おっちゃんのことが心配で……」

「ふたりの侍に目立ったところはなかったか」

「そやなあ……編み笠で顔は見えなんだし、着物も無紋やったんで、片方がえらい痩せギスで、刀を落とした方は恰幅《かっぷく》が良うて腕も太かった、ゆうぐらいだす」

みくは目明しの習性として相手の特徴は瞬間的に捉えていたのだ。

「これを見とくなはれ」

みくは布でくるんだものを差し出した。侍が落としていった抜き身の刀である。江面は布を取り、刀身や鍔、柄などを丹念に検分したが、

「うーむ……どこにでもあるありきたりの新刀で手がかりにはならぬな」

みくはがっかりした。

「とは申せ、刀は武士の魂じゃ。落としたとあってはただではすむまい。どこかの蔵屋敷の蔵役人で、近頃、刀を失《な》くしたとか、安い刀を買い求めたとかいうものがいないかどうか、とにかく足を頼りに探すのじゃ。わしも心当たりを探っておこう」

みくは頭を下げた。

◇

狭い一室で甚兵衛は縛《いまし》めを解かれた。窓のない暗い部屋で、明かりは蠟燭一本だけであった。猿轡《さるぐつわ》もほどかれて、ようようしゃべることができるようになった甚兵衛は、

「あんたら、なにをしますのや！　急に家に入ってきてひとをぐるぐる巻きにして猿轡

かまして駕籠に押し込めて……えらい乱暴な走り方やったなあ。もうちょっとちゃんとした駕籠かきを雇いなはれ。せやけど、猿轡ゆうのはやけに息が苦しいもんやなあ。首をぎゅーっと絞めつけられてるみたいやった。ああ、苦しかった。やっと息ができるわ。あんたらお侍やな。お奉行所の役人でもなし、お城勤めのご家来衆でもなし、というてご浪人でもなし……。ああ、わかった。どこぞの蔵屋敷のお方だすな。それにしてもなんでわしをかどわかしたりしたのや。わしは隠居の身やし、店はせがれ夫婦が継いどるけど、しがない海苔屋やさかい、千両の二千両のと身代金をふっかけても払う気づかいはないで。まあ、よう出して十両か。いや、しみったれのあいつのことや。十両でも惜しむかもしれん。となると五両……。うーん、親不孝者！」

「べらべらしゃべるやつだな」

ふたりの侍のうちのひとり、二重まぶたで顎鬚《あごひげ》を生やした男が言った。

「ずっと口がきけんかったさかい、ここで取り戻そうと思とるのや」

もうひとりの痩せた侍が、

「先刻も申したが、我らはおまえをかどわかしたのではない。ききたいことがあるゆえ、お越し願うたのだ」

「お越し願うたにしてはぐるぐる巻きにして猿轡かますゆうのはきつすぎまっせ」

「すまなかった。よそに漏れては困る大事なのだ。——おまえが謎解き甚兵衛として名をはせている謎解きの名人だと聞いた。ぜひ、謎を解いてほしいことがあるのだ」

「わ、わしが謎解き名人だすか？」

「ちがうのか？」

「いや……まあ、それほどたいそうなもんやおまへんけど、そう呼ぶ連中もおりますなあ」

甚兵衛は得意げに鼻をうごめかせた。二重まぶたの侍が、

「乱暴なふるまいをして申し訳なかった。――まあ、茶を飲んでくれ。菓子は食べるか？」

甚兵衛は気持ち悪そうに茶や菓子を見やったが、口はつけなかった。

「せっかくやけど駕籠に揺られて心持ちが悪いさかい遠慮しときます」

「では、座布団をあててくれ。肩を揉《も》んでやろうか？」

「それも遠慮いたします。早うわしを連れてきたわけを教えとくなはれ」

痩せた侍が、

「うむ、まず我らがかどわかしでない証拠に、我らの素性をお聞かせ申そう。家名はご容赦願うが、我らは西国のさる大名家家中のもの。それがしはこの蔵屋敷で銀方を務める服部右京《はっとりうきょう》、このものは米方頭取の小松一馬《こまつかずま》。先生をお迎えするにあたって乱暴なる手段を用いたことをお詫《わ》びいたす」

「おまえ」から「先生」になったので甚兵衛はとまどった。

「腹を割って申し上げるが……じつは蔵役人が殺されたのでござる。諸般の事情から表沙汰にはせず、内済にして処理いたしたが、どうにも解せぬことがある」

服部の言葉に甚兵衛はつい釣り込まれて、

「ほほう、それはいったい……」

「殺された蔵役人は剣術の達人であった。それも尋常の腕ではない。わが国許には迅雷疾風流という流派が伝わっており、多くのものがその道場に通うておるが、殺されたものは『四疾神』と称される四天王のひとりで、並の使い手ではなかった」

「ほな、それを上回るほど強いやつが下手人ゆうわけだすか」

「ではあろうが、不可思議なのは殺害されたものが、刀を抜いていなかったことでござる」

「どういうことだす？」

「迅雷疾風流の極意は『抜き打ち』にある。つまり、鞘走らせた瞬間が勝負で、抜いたときには相手を倒していなければならぬ。それには敵より先に抜刀し、相手が抜くまえに倒す……これが一撃必殺の極意。我ら二名も未熟ながら迅雷疾風流を学ぶものゆえよくわかり申すが、殺された蔵役人の手の速さは目を凝らしていてもまるでその動きが見えぬほどでござった。彼が、抜刀せずに殺されたというのはどう考えてもおかしい。あの仁より速いものがいるとしたら、そりゃ鬼神に等しい」

「ふーむ……」

「しかも、それに先立って、国許においても同様のことがござった。同じく『四疾神』の一人《いちにん》にて、剣術指南役を務めるものが殺されたのでござるが、彼も刀を抜くことなくことされていたとか……」

小松があとを引き取って、

「先生に解いてほしい謎というのは、なにゆえこの二名が抜刀せずに殺されていたか、でござる」

「うーん……なるほど……」

「これは先生なればこそ打ち明けるのだが、現在、わが家中にはいろいろといざこざがあり、二手に分かれて争うておりまする。殺されたふたりはいずれも我らが一味徒党のもの。敵対する連中の仕業にちがいないとは思うが、そのやり口がわからぬと今後の策も立てにくく、また、同志の士気にも影響する。なにとぞ先生に、この謎を解いてもらいたいとお連れしたる次第……」

「事情はようわかりました。——けど、そのいざこざゆうのがどういうものか教えてもらえまへんやろか。わしも、できれば悪者やのうてええもんの方に加担したいさかい……」

服部右京が、

「家の恥になることゆえいざこざの中身までは申し上げられぬが、今、国許はひどい飢《き》饉《きん》に見舞われておる。我らは飢えたる領民の命を救わんがため、国の法を犯す覚悟の一派。殺された二名も、我らと同じ宿望《しゆくもう》のもとに集う同志でござった。我らに敵するものは、地位も名誉も権力も富も我らに勝るが、その心映えは賤《いや》しく、ひとの情けを解さぬ汚らわしき卑劣漢どもでござる」

なんだかよくわからないが、甚兵衛の胸に同情心が芽生えた。

「そいつらが皆さんのお仲間を殺してるというわけだすな。よろしい。不肖この謎解き甚兵衛、できるかぎりの知恵を絞らせてもらいまひょ」

「頼む」

甚兵衛は足を半跏趺坐《はんかふざ》に組み、手は軽く印《いん》を結び、目を閉じた。服部が「なにをしている」と声を掛けようとしたが、小松が小声で、

「今、謎を解き明かそうと精神を凝らしておられるのだ。邪魔をしてはならぬ」

「そ、そうか。そうだな……」

ふたりは固唾《かたず》を飲んで甚兵衛の様子を見つめていた。

一方、甚兵衛は、

（えらいことになった……）

ひたすらそう思っていた。

（家でぼーっとしてたら、急に侍がふたり入ってきて、わしを駕籠に押し込んだ。わけもわからんとここに連れてこられて、「居合いの達人が刀を抜かんと殺された謎を解け」やなんて、なんぼこのわしでもむずかしい。おぬいさんかおみくちゃんならわかるかもしらんけど……うーん……うーん……）

薄目を開けると、ふたりの侍は鷲《わし》のような目で甚兵衛をにらみつけ、答えるのを今や遅しと待っている。ぎゅっと目を閉じ直し、なおも考える。

（うーん……うーん……うーん……うーん……そ、そうや！）

ひらめいた。むりやりひらめかせた、と言ってもいい。

「わかりました」

「おお、わかったか！」

「刀を抜こうとして抜けなかったその訳は……」

「その訳は？」

「柄に油が塗られてて、指が滑ったんだす」

ふたりの侍はにこりともしなかった。服部が、

「甚兵衛先生、それは冗談でござろうな」

「あ、いや……ははは……」

「柄に油が塗られていたら、我々にもすぐわかるはず。そのようなものは塗られていなかった」

「そらそうだっしゃろなあ。いや、冗談冗談」

「冗談は抜きでお願いしたい」

「わかっとります。部屋の空気が固いさかい、ほぐすために言うただけだす」

甚兵衛はまた熟考に入った。

（刀を抜かなかった、ゆうことは抜く必要がなかった、ということかもしれんな……。

刀を抜く必要がない相手……そうや！）

甚兵衛は今度こそ真相にたどりついたと思った。

「わかりました。殺されたお侍が刀を抜いてなかったのは、抜かんでもええ相手やった

からだす」

「というと……？」

「つまり、相手はお仲間のだれかやった……」

「なんだと！」

小松が気色ばんで身を乗り出し、

「我らのなかに裏切者がいる、と言うのか。この屋敷におる我が同志はもともと十三名

だった。それがひとり殺されて今は十二名だが、皆、領民救済のため此度の企てに命を

賭したるものばかり。そのような内股膏薬《うちまたごうやく》のコウモリはおらぬ！」

「そ、そう言い切れますか」

「言い切れる！」

「ふーん……」

その後も甚兵衛は、ああでもないこうでもないとさまざまな推量を並べ立てたが、それらはことごとくふたりの侍によって否定された。こうして二刻《ふたとき》（約四時間）が経《た》ったが、これぞという解答は出ていなかった。それどころか謎解きの質がどんどん下がってきており、

「一旦抜いたんやけど、そのあと下手人が刀を鞘に納めたのやないかなあ」

「なんのために」

「なんのために、と言われても……人間なんとなーくそうしたくなるときってあるやおまへんか」

「ないと思う」

「夜寒で指がかじかんで、動かなかったとか」

「ふたりともが……？　馬鹿な」

「鍔と鞘をにかわでひっつけて、抜けんようにしてあったとか」

「そんなものはついていなかった」

「木刀か竹光《たけみつ》だったとか」

「ちゃんとした刀だった」

「暗くて柄がどこにあるのかわからなかったとか」

「剣客にとって刀は一心同体。わからぬはずがない。――おい、おまえ……」

先生からおまえに格下げである。小松がため息をつき、

「おまえ、まことの『謎解き甚兵衛』か？　あまりに謎解きが下手《へた》くそではないか」

「す、すんまへん。わしは『謎解きが得意な甚兵衛』やのうて『謎解きが好きなだけで得手やない甚兵衛』でおますのや。堪忍しとくなはれ」

「ならば、おまえはこの謎が解けぬと申すか」

ふたりの侍は顔を見合わせ、

「どうやらそのようでおます」

「ならば、なにゆえ最初にそれを言わぬ！」

「言おうにも、あんたら急に来て、有無を言わせず駕籠に押し込んだあと、むりやり猿轡かましはったさかい、言う間がおまへなんだ」

ふたりはこそこそとなにごとかささやきあっている。

「しくじったわい……」

「謎解き名人と聞いていたが、まさかかかる不出来なものとは……」

「計略が漏れては一大事……」

「蟻《あり》の穴から堤も崩れるの例え……」

「ならば、口封じに……」

「今東殿にお伺いを立てて……」

漏れ聞こえてくる会話を聞いているうちに甚兵衛は寒気がしてきた。

（こいつら、どうやらわしを口封じに殺す、ゆう相談をしてるらしい。なんちゅう勝手なやつらや！　侍ゆうのはみんなそうや。まあ、わしが謎解きできんかったのが悪いんやけどな。とほほほほ……）

下を向いて震えている甚兵衛に、服部が言った。

「おまえの始末をどうするかを伺《うかご》うてくるゆえ、その間この部屋におれ。部屋から一歩も出てはならぬぞ。見張りをつけておくからな」

「腹が減ったらどないしまんのや」

「我慢せよ」

「小便しとなったらどないしまんのや」

「おまるを持ってきてやる」

「大きい方を催したらどないしまんのや」

「そのときは見張りのものに申せ」

「あのー……あのー……わしはどないなりまんのやろ」

「頭領のお考え次第だが、我ら大望のある身。おまえを生かしておいては、我らの計略が敵に漏れぬともかぎらぬ……ということになるかもしれぬな」

「ひえーっ、命ばかりは助けとくなはれ！　漏らすもなにも、わしはなにも聞いてまへん！　わしが知ってるのは、お侍が刀を抜かずに殺された、ゆうことだけだす」

「わかったわかった。とにかくおとなしく待っておれ」

「とほほほほ……」

ふたりの侍はあわただしく部屋を出ていった。甚兵衛はうなだれて、

（ああ、えらいことになったなあ。おみくちゃんがここを見つけてくれることを祈るだけや。あーら、おみく大明神、あーら、おみく大明神、謎解き甚兵衛を救いたまえ……）

◇

同じ屋敷のなかにある留守居役の居間で、今東鶉右衛門は、廻船問屋桑名屋の番頭炭《すみ》之助《のすけ》と対面していた。炭之助は、桑名屋本店から大坂店の運営を任されていた。

「呼び立ててすまなかったが、おまえたちの尽力で、ようよう我らの宿願が果たせる日が参った。礼を言うぞ」

「なんの……。秋山家から大坂への御用船は年三度と決まっております。それを柿畑さ

まから、予定にない御用船を出してくれ、しかも、国許のご城代や用人、目付などには内密で、と言われたときには仰天いたしましたが、事情を聞いて納得いたしました。本店の主に書状で知らせましたところ、主は私以上に国許の飢饉に心を痛めており、店の蔵に備蓄していた米はすべて放出したそうですが、焼け石に水だ、とか。ご城代にもたびたび年貢を軽くするようにと進言したがお聞き入れなく、思い悩んだすえに虎ケ石さまの計略に加担する腹を決めた、とのことでございました」

「かたじけない。おまえたちにまで悪事の片棒を担がせてすまぬ」

「なんの悪事のことがございましょう。これこそが仁義の道、ひとの道でございます」

「そう言うてくれるとありがたい」

「ですが、お留守居役さま、九日後、予定にない御用船が四隻入港するとなると、大坂船奉行などに許しを得ねばなりませぬ。殿の署名と押印のある手形が必要になりますが……」

「虎ケ石殿に申し上げて、すでに偽物をこしらえてある。――これだ」

今東は立ち上がり、簞笥《たんす》のうえから鶴の蒔絵《まきえ》を施した漆塗りの文箱《ふばこ》を手に取った。鍵がかかる仕様になっており、今東は錠を外すと、なかから書状を取り出し、番頭に示した。

「おお、さすがは次席家老さま……。それにしても鍵のかかる文箱とは厳重でございますな」

「このなかには此度の企てにおいて大事の品がいくつも入っておる。いわばわが宝箱ともいうべきものだ」

番頭から手形を受け取ると、ふたたび文箱にしまい、簞笥のうえにしまう。番頭が、

「あとは、領民たちと当家の仲仕たちが産物を積み込み、大坂に来るのを待つのみでございますな。黒皺さまにはバレぬようにことを運ばねば……」

「いや……黒皺殿は知っておるぞ」

「えっ……」

「知ってはおるが、我らの行動を妨げることはできぬのだ。御用船入港の日は、殿の本卦祝いの日。ご城代は責任者として城におらねばならぬ。家来たちもまた同様だ。そのためには、国許で祝いの宴《うたげ》が催されるその日に船を入港してもらわねばならぬのだ」

「風待ちと称して事前に由良《ゆら》（淡路島《あわじしま》）の港に停泊させておく手はずでございますゆえ、よほどの暴風でもないかぎり、祝いの日ぴったりに大坂に着けることができましょう。——それにしても、上手い策略を考えましたな。さすがは秋山家きっての切れ者といわれる虎ケ石さま……」

「黒皺殿の放った刺客が同志ひとりを殺《あや》めたようだが、それ以上のことはできまい。御用船到着の日まで我らはこの屋敷に籠って外には出ぬ。おまえも気を付けて店に戻れ

よ」

「へえ、お気遣いいただきまして……。ですが、私が殺されても、この企てにはなんの支障もございませぬ。向こうもそれぐらいのことは心得ておりましょう」

「うーん、感服した。たいした度胸だな」

「お侍に武士道があるように、はばかりながら商人《あきんど》にも商人道《しょうにんどう》がございます。それに……うちからの帰りに亡くなられた柿畑さまのことが今も忘れられませぬ。秋山の大勢の民の命を救えるなら本望」

「あっぱれ。それでこそ桑名屋の大番頭だ」

「本店からの報せによると、積み荷は年貢米のほかに、産物として綿をはじめ、紙、筆、漆器、陶器、細工もの、鉄、絣《かすり》、畳表、農産物、食品などかなりの量になるとか……」

「銀もある」

「ああ、隠し銀山からの……」

「しっ。声が高い。数年まえにご領内で見つかった銀山だが、ご城代は殿にもご公儀にもその発見を報告せず、採れた銀を秋山家の儲《もう》けとして城内の金蔵に秘匿しておられる。此度、虎ケ石殿はその銀も大量に御用船に積み込むそうだ」

「それは豪儀でおますな」

「これらを大坂にて売りさばき、国許へと持ち帰ったその売り上げを勘定方には渡さずに、すべて飢えた民を救うために使う。当然、ご城代一派は激怒なさるだろうが、そんなことは承知のうえだ」

「ご立派でございます」

番頭は留守居役の手をしっかりと握った。

そんなふたりの会話を天井裏で聞いているものがいた。一九郎である。甚兵衛の居場所をつきとめようと天井裏に入り込み、あちこちからつららのように垂れさがった蜘蛛《くも》の巣を手で掻《か》き分けながら、部屋から部屋へと移動しているうちに、留守居役と番頭が面談しているのに出くわした、というわけだ。

(なにが「ご立派」だよ。とんでもねえ野郎だ。こいつら、国の年貢米や産物を大坂に勝手に持ち込んで売っぱらおうとしてやがる。そのことを殿さまや城代家老に内緒にしようって寸法だな。いくら飢饉の民百姓のためでもご政道を曲げるこたぁ許されねえ。そのうえ隠し銀山まであるとはおそれいった。よし……俺がお縄にしてやらあ!)

大坂町奉行所に属するものたち、いわゆる「町方」が詮議できる範囲は、大坂三郷《さんごう》と摂津《せっつ》、河内《かわち》、播磨《はりま》の天領部分で、各大名家の領地には手を出せないが、大坂蔵屋敷内の事件となれば別である。大坂市内でかどわかしや産物の密売が行われているのを放置しては、町奉行所の名折れだ。

(この件を上手く始末できたら、秋山家のお殿さまは大喜びするはずだ。てえことは、お奉行さまも与力や同心の旦那方も大手柄だとほめてくださるにちげえねえ。危ねえ橋だが大手を振って江戸に戻るにゃあ、一休《いっきゅう》さんじゃあねえが渡るしかねえ……）

一九郎は、なおも話をよく聞こうとして天井板に耳をこすりつけた。

「では、御用船入港の日どりがしかと決まりましたらまたお知らせに参りましょう。それでは今日はこのへんで……」

番頭の声が聞こえたそのとき、一九郎の鼻の穴を垂れた蜘蛛の巣の先端がくすぐった。一九郎はくしゃみをしそうになり口を開けたが、今、くしゃみなどしたら見つかってしまう。必死でこらえる一九郎の口のなかに、どさっと大量の蜘蛛の巣が入り込んだ。

（ううう……苦《にが》え……）

それでも吐き出したりせず我慢を続ける一九郎の目のまえに、大きな蜘蛛が一匹、つーっと降りてきた。その蜘蛛の腹部の黄色と黒の縞《しま》模様を見た瞬間、

「ひげっ……！」

思わず小声を発してしまった。

「番頭、ちょっと待て。どうやら天井裏にネズミが一匹おるようだ」

今東は長押《なげし》の槍《やり》を手に取ると、いきなり天井に向かって繰り出した。ずぼ、と刺さった槍の穂先が一九郎の鼻先一寸をかすめ、一九郎は動けなくなった。

「下りてこい。下りてこぬと、串刺しにするぞ！」

その言葉にしかたなく一九郎が天井板を外して、そこから下りると、たちまち四、五人の侍に囲まれ、もみくちゃにされて別室へと連れていかれた。そこは窓のない、暗く狭い部屋だった。侍のひとりが、

「貴様、留守居役さまと出入り商人の話を盗み聞きしていたそうだな。ご城代の放った忍びか」

「そ、そんなもんじゃあござんせん。ただの通りすがりで……」

「通りすがりが武家屋敷の天井裏におるか」

「あっしはケチなコソ泥でして、金目のものはねえかとこの蔵屋敷に入り込んだだけなんで……。どうぞお許しくだせえ」

目明しだ、などと知られたらきっと殺される……一九郎はそう思った。

「まことか」

「天地神明に誓って嘘《うそ》は申しません」

侍たちはごそごそと話し合いをはじめた。そのとき、一九郎は部屋の隅にひとりの男が座っていることに気づいた。その顔を見て驚いた。それは甚兵衛だったのだ。

甚兵衛も一九郎に気づいて、なにか言おうと口を開けたので、一九郎は必死に目配せして、

（なにも言うな……！）

　と合図をしたが、いくらやっても甚兵衛にはピンと来ていないようで、何度も首を傾《かし》げている。

「おい、おまえ……」

　侍のひとりが、

「さっきから目をぱちぱちさせているが、どうしたのだ」

「へ、へえ……蜘蛛の巣が目に入ったようで……へへへへ、すみません」

　やっと甚兵衛は一九郎の合図が腑《ふ》に落ちたらしく、大きく合点をした。べつの侍が、

「たしかにコソ泥顔だ。コソ泥なら解き放っても差し支えあるまい。これ以上、ややこしいやつを抱え込むのはご免だ」

「待て。こやつが柿畑氏を殺した刺客でないとは言い切れぬぞ。見かけで決めつけぬ方がよい」

「ならばいっそ……」

「後腐れのないように……」

　一九郎は震え上がった。

（俺としたことが大しくじりだ。手柄どころかここで命を落とすのか……）

　そのとき襖《ふすま》が開いた。侍たちは軽く頭を下げた。入ってきたのは留守居役今東鵜右衛

門だった。小脇に漆塗りの小箱を大事そうに抱えている。

「どうだ」

「ただの盗人《ぬすっと》だと申しております」

今東は一九郎を鋭い目つきで見据えると、

「ネズミ、貴様はわしと客の話を盗み聞きしておったな」

「いえ、なにしゃべってるのかはほとんど聞こえませんでした。勘弁しておくんなせえ……」

「貴様、大坂町奉行所の目明しであろう。正直に白状いたせ」

「とーんでもねえ。あっしの顔をよくご覧《ろう》じろ。目明してえ柄じゃねえでしょう？」

「立ってみよ」

「へえ……」

一九郎は立ち上がった。

「向こうを向け」

「へ、へえ……」

「大坂町奉行所の目明しが貴様のような江戸言葉を使うはずがない。疑いは晴れた。斬って捨てるべきところなれど、コソ泥ならば此度ばかりは差し許す。行ってよいぞ」

「あ、ありがてえ！」

躍り上がらんばかりに一九郎が襖の方に歩きかけた途端、

「えいっ！」

背後から今東が凄《すさ》まじい気合いをかけた。迅雷疾風流の気合いである。一九郎が驚いて跳び上がった拍子に、懐から袋に入れた十手が床に落ちた。今東が、

「やはり町方の犬か。——目明しを殺すと、町奉行所が騒いで我らの目的の邪魔になる。例の企てが無事に済むまで、そこのやつと一緒に牢に閉じ込めておけ。その後のことはゆっくり決めればよい」

そう言って今東は出ていった。そのあと、ほかの侍たちは甚兵衛と一九郎に目隠しをして、かなり長いあいだ歩かせたあと、目隠しを外した。そこは暗く、黴臭《かびくさ》い場所で、一角に座敷牢のようなものがある。ふたりはそこに入れられ、鍵をかけられた。

「おとなしくしておればすぐに命は取らぬ。ここから出ようと思うなよ」

侍たちはその場を去った。ため息をついた一九郎に甚兵衛が、

「あんた、なにしにきたんや」

「おめえが駕籠から担ぎ出されたのを見て、手柄になると思ったのさ。おめえはなんでかどわかされたんだ」

甚兵衛は簡単に事情を説明した。

「ちっ、謎解きもできねえのに妙なふたつ名を名乗るからいけねえんだ」

「あんたも災難やったな。とにかくしばらくはおとなしゅうしてるしかないわ」

「うっせえ！　せっかくの大手柄が目のまえにぶら下がってるってえのにじっとしてられるかよ！」

そう言った途端、目のまえに蜘蛛が一匹ぶら下がってきた。甚兵衛が手を打って、

「あははは……手柄やのうて蜘蛛がぶら下がってきよったわ」

一九郎は蜘蛛を不快そうに見つめると、

「なんとか助かる道はねえもんかな」

「わしがかどわかされたのをおみく坊が見てたさかい、そのうちここをつきとめてくれるんやないやろか」

「ふん！　あんなガキ、あてにゃならねえ。俺たちの才覚でなんとかするんだ」

「わしがかどわかされたのは、殺された仲間が刀を抜いてなかった理由を知りたい、ゆうことやった。その謎を解いたら、助けてくれるんやないやろか」

「おめえ、わかるのか」

「さっぱり」

「あああ……こんなことになるとはなあ！　高津の一九郎、一世一代の不覚だぜ」

「でかい声を出したら腹減るで」

「ちっ！」

一九郎が渋面を作って牢の床に寝っ転がったとき、

「お食事を持ってまいりました。ここから差し入れますよって、受け取っとくなはれ」

奉公人とおぼしき若い女が、牢の格子のあいだから膳をなかに入れた。ちらとそれを見た一九郎は、

「なんだ、麦飯と漬けものだけじゃねえか。こんなものが食えるかよ！」

女は、

「わてはなにも聞いてないけど、あんたら、なんぞ悪さしてこんなところに入れられたんやろ。食べものに贅沢言える身分かいな。食べへんのやったら下げまっせ」

「あ……いや、いい」

「いい、とは？」

「いいから置いとけ。仕方ねえから食ってやらあ。——甚兵衛、おめえはどうする」

「もちろんわしは食いまっせ！　お代わりはあるんかいな」

「はいはい、ここにお櫃《ひつ》がおます」

女はくすくす笑いながらそう言った。

◇

みくは、喜六と手分けをして、蔵屋敷という蔵屋敷を片っ端から調べて回ったが、甚

兵衛の手がかりは見つからなかった。もとより雲をつかむような話なのだ。へとへとになって夕方家に戻ってくると、母親のぬいが、

「どないや、甚兵衛さんの足取り、ちょっとはつかめたか？」

「あかんわ……」

絞った手ぬぐいで身体《からだ》を拭いたみくは疲れ切った表情で言った。

「近頃、刀を失くしたり、安い刀を買《こ》うたりした蔵役人はおらんか……ゆうて探してるんやけど、そんな侍の恥になるようなこと、みんな隠すわなあ。どないしたらええやろ」

「甚兵衛さんにはお父ちゃんが生きてはった時分からずっとお世話になってるさかい、こういうときに力になってあげたいけど、私にはどうにもできん。みく、あんたがなんとかしてあげてちょうだい」

「そう言われてもなあ……刀はどこにでもあるやつらしいし、顔は編み笠で隠してたし、声もこれといって癖はなかったし、訛《なま》りもなかったし……」

「駕籠かきの方はどう？」

「え……？」

「駕籠かきや。お侍の方に特徴がなくても、駕籠かきにはなんぞあったかもしれんがな」

みくは意表を突かれた。ふたりの侍のことばかり考えていて、駕籠かきのことはすっかり忘れていた。

「うーん……駕籠かき……駕籠かきか……」

みくは一生懸命駕籠かきがどんな様子だったかを思い出そうとした。

「そういうたら、先棒と後棒がおんなじ顔に見えたんや。土が目に入ったせいやと思てたんやけど……」

「みく、それって双子やないかな」

「あっ……！」

「双子やとしたら、ええ手がかりや。これでかなり絞られるやろ。双子の駕籠かきを雇うておる蔵屋敷を探せばええねん」

「なるほど……さすがおかんや。うち、お侍のことだけ考えてたわ」

「御用のときは、いろんなところに広く目を向けんと、大事なことを見過ごすよ」

みくは強くうなずいた。

三

それから数日、みくは喜六、清八《せいはち》とともに、手分けして各大名家の蔵屋敷を訪ね、

「こちらに双子の駕籠かきはいてまへんか」

ときいてまわる……ということを続けていた。

「ここは町方の来るところではない」

と門前払いを食らわされた場合は、近所の民家や商家に顔を出して様子をうかがう。

大坂の蔵屋敷の数は百を超える。そのほとんどは水運の便を考え、土佐堀川《とさぼりがわ》、堂島川《どうじまがわ》、江戸堀《えどぼり》などに面した中之島や堂島に集中しており、それほど東奔西走する必要はない。とはいえ、ひとつひとつの規模は大きく、門番から蔵役人に話を通してもらうだけでもかなりの手間だった。しかし、双子の駕籠かきの情報は得られなかった。

みくが、落ち合い場所と決めてあった呉服橋《ごふくばし》のうえで待っていると、喜六と清八がやってきた。

「どないやった？」

勢い込んでみくがきくと、ふたりともかぶりを振って、

「あきまへんわ」

「さっぱりわやですわ」

「うーん……収穫なしか……」

「こんな面倒なことしてたら、あと五、六日はかかりまっせ。やりようを変えた方がええのとちがいますか」

清八が言うのをさえぎって、

「目明しが聞き込みを面倒くさがってどないするねん。こつこつ、足で稼ぐのや」

そうは言ったものの、みくもかなり面倒くさくなっていた。甚兵衛の安否が心配で、

（もっと手っ取り早い方法はないか……）

とつい思ってしまうのだ。喜六が、

「ああ、腹減ったなあ。朝からなんにも食べてへん。身体が軽うなって浮いてしまうわ」

と騒ぐので、みくは食べもの屋を探した。呉服橋の東詰から東にかけては、呉服町である。ひと筋南は道修町で薬種問屋が軒を連ねており、ふた筋北は浮世小路《うきよしょうじ》で妾宅や稽古屋が並ぶ粋な町だが、呉服町はその名のとおり呉服屋が多い。そんななかで一軒のうどん屋を見つけたみくたちがそこに入ろうとしたとき、清八が小声で言った。

「親方、うっとうしい連中がいてまっせ」

見ると、ふたりの男が伏見町《ふしみまち》の方からやってくる。その顔を見たみくも、

「うわあ、ほんまや、うっとうしいなあ……」

とつぶやいた。ひとりは目が吊《つ》り上がっていて、なんとなくキツネに似ている。もうひとりは背が低く小太りで、両目に黒く縁取りがあり、タヌキに似ている。十変舎一九郎にくっついて江戸から流れてきた弥次郎兵衛と喜多八である。同じ東町奉行所定町廻

り同心である江面可児之進と斧寺伊右衛門は犬猿の仲であり、一九郎もみくを目の敵《かたき》にしているため、手下同士もなにかと張り合う心が働くのか、喜六、清八とはよく揉める。

「こんなとこで喧嘩になったらうどんを食いっぱぐれる。見つからんうちに早よ店に入りまひょ」

喜六がみくをうながしたがみくは、

「ちょっと待ち。なんや様子がおかしいわ」

弥次郎兵衛と喜多八は浮かぬ顔で懐手をして通りを歩いている。なにかを探しているようだ。ときどき、商家の丁稚《でっち》や女子衆《おなごし》になにやら話しかけている。

「親分、どこに行っちまったのかな」

「これだけ探してもいねえところをみると、酔っぱらって橋から落ちたかね」

「けど、このあたりをうろついてたことは間違いねえんだから……」

「あんな親分でも長年世話になってるんだ。ほっとけねえやな」

みくはつかつかとふたりのまえに出ていくと、

「ちょっと、あんたら……」

ふたりはみくだと気づくと、反射的に拳を胸のあたりで握って身構えた。

「あんたら、だれか捜してるんか？」

喜多八がなにか言おうとするのを弥次郎兵衛が止めた。みくは、

「うちらもひと捜ししてるんやけど……よかったらついでにあんたらが捜してる相手も捜したってもええで」

弥次郎兵衛と喜多八は顔を見合わせ、しばらく考えていたが、やがて弥次郎兵衛が、

「それじゃあ言うけどね……実ぁうちの親分が四、五日まえからいなくなっちまったんだ。立ち寄りそうな場所はたいがい探したんだが見当たらなくて……」

甚兵衛がかどわかされたのと同じころである。喜多八も、

「斧寺の旦那に呼び出されたあとだったから、旦那にきいても、『近頃の働きぶりについて少々叱りつけ、すぐに帰したぞ』と言うだけ。そういうとき、親分はたいていヤケ酒を飲みにいきなさるんで、顔を出しそうなところを当たってみたんだがどこにも来てねえ。いきつけの亀五てえ煮売り屋が呉服町にあることを思い出したんで来てみたら、やっと手がかりがつかめた」

弥次郎兵衛が引き取って、

「亀五の親爺が言うには、『一九郎の親方、タダ酒飲ませろ、ゆうて顔を見せはりましたけど、わてが大風邪引いてたんで、帰ってもらいました』……だとさ。そのあとどこに行ったのかはわからねえ」

「ふーん……ここからまた高津に引き返したんかなあ……」

「かもしれねえと思って、このあたりでずっと聞き込みしてるんだが……」

ふたりは肩を落とした。清八が、

「あんな親方でも心配なんやな」

弥次郎兵衛が、

「まあ、ろくでもねえ野郎だけどよ、江戸にいたころ、おいらたちは親分のおかげで三度のお飯《まんま》が食えてたんだ。食うや食わずでごろごろしてたおいらたちを下っ引きにしてくれた。なんやかんやで毎日酒が飲めた。その恩があるのさ」

喜多八がうなずいて、

「そうなんだ。親分は縄張りのなかの商家や職人たちから金を巻き上げるばかりで、たいした手柄も立ててねえ。そのうちに日本橋の大きな本屋を脅して悪ねだりしたとか、吉原の引手茶屋で十手をちらつかせて登楼《あがり》の代を踏み倒したとか、家賃を払えと大家に言われたのに腹を立てて下駄《げた》で殴りつけたとか……いろいろとやらかしてね、世話ンなってた白河屋っていう生糸問屋の旦那とも大喧嘩になって、後足で砂をかけるような真似《まね》をしてこっちにやってきたってわけさ」

弥次郎兵衛が、

「そのときの当てと言やあ、高津の檀吉親分が若え時分《わけ》、うちの親分のそのまた親分だった駿河町の寛平っておひとの下で三年ほど修業なさってたってことだけ。当たって砕けろ、あとはなんとかならあっていういつものいい加減ぶりだったんだが、でもおいらたちふたりをうっちゃっとかず、ちゃんと連れてきてくれた」

「一緒になって長年悪さをしてきた仲だ。まあ、腐れ縁ってやつだな」

「とにかく一九郎さんの消息がわかったらすぐに知らせるわ」

「頼むぜ、いや、頼みます。――ところでおみく親方が探してるのはどこのだれなんです？」

「こっちはどこぞの蔵屋敷にお抱えの双子の駕籠かきや。もし、見かけたり、話を聞いたりしたら知らせてんか」

「ああ、それなら知ってらあね」

弥次郎兵衛があっさりと言ったのでみくたちは仰天した。

「えっ？　えっ？　双子の駕籠かき、ほんまに知ってるんか？」

「知ってるとも。すぐそこの秋山家の蔵屋敷の駕籠かきが、先棒、後棒ともにおんなじ顔だ。親分のお供で亀五に行くとき、ちょいちょい見かけたことがあるのさ」

「おおきに！　これで糸口がつかめたわ！」

みくは弥次郎兵衛と喜多八に礼を言うと喜六と清八に、

「秋山家の蔵屋敷に行くで！」

喜六が、

「ええーっ、うどんはどないなりますのや」

「そんなもんあとや。甚兵衛のおっちゃんが見つかったら、なんぼでも食わせたる」

「それやったら一刻も早う見つけなあかんわ」

三人は秋山家の蔵屋敷に向かった。表門は閉じられ、門前には奴髭《やっこひげ》を生やしたふたりの門番がいかめしい顔で立っている。

「えーと、すんません……」

「なんだ」

「こちらに双子の駕籠かきはいてまへんやろか」

「あーん？　貴様はなにものだ」

「うちは、月面町のみくと申します目明しでおます。御用の筋で双子の駕籠かきを探しております」

「町方のものか。通れ！」

「通れ、と申しますと……？」

「用はないから向こうへ行け、と言うておるのだ」

「そっちになくてもこっちに用がおますのや。この屋敷に双子の駕籠かきがいてるはず」

「いたらどうしたというのだ」

みくは、ぐっと詰まった。「甚兵衛という人物をかどわかしたやろ！」と正面切って問いただすのは愚策である。「はい、いたしました」と答えるはずはないからだ。かえって用心させてしまうだろう。

「ああ、やっぱりここやった。それやったらこちらに刀を落としはったお侍がいてはりまっしゃろ。うちがたまたま拾いましたのや。そのお侍に、落とした刀を預かっているものが来た、とお伝え願えまへんか」

門番は顔を見合わせ、

「杵塚さまのことかな」

「そうらしいな。——娘、ちょっと待っておれ。今、うかごうてまいる」

門番のひとりがくぐり戸から入って玄関に向かった。ややあって、戻ってきたその門番は、

「刀を落とすようなうろたえものはわが家中にはひとりもおらぬ、とのことだ。とっと帰れ」

「けど、双子の駕籠かきはいてますのやろ」

「答える必要はない。ここから先は秋山家の領地だ。大坂の町方が足を踏み入れることは許さぬ。たとえ町奉行が参ろうと、この門開けることはできぬ」

たいそうな鼻息である。よほど世間に知られたくないことがあるようだ、とみくは思った。

「そうだすか。わかりました。うちの勘違いやったかもしれまへん。帰りまっさ。――けど、もしもやっぱり落としてた、ゆうお方がいらっしゃったら、刀は東町奉行所の同心江面可児之進がお預かりしとりますさかい……」

「ええい、まだ言うか！」

門番ふたりが棒を振り回しはじめたので、みくたちは退散した。といっても、少し離れた場所に身を隠し、様子をうかがうことにしたのだ。

「甚兵衛のおっちゃんは間違いなくここにおるな。――喜ぃ公、お奉行所に行って、江面の旦那に、このこと報せといで。旦那やったら秋山家のこと、なにかご存じやと思う」

「へえ、ほなひとっ走り……と言いたいけど、腹が減ってたまりまへん。あとでうどん、よろしゅうたのんまっせ」

「わかってる。素うどんやったら何杯食べてもええで」

「素うどんかあ……」

「ぐずぐず言うてんと、早う行き！」

尻を叩くと、喜六は走り出した。そのあともしばらく表門を見張っていると、急に門番たちが門を開いた。現れたのは馬に乗った初老の侍だった。手綱を取るのは貧相な中間で、供も連れていない。

「お留守居役さま、お出かけでございますか」

門番のひとりが言うと、

「うむ、桑名屋にな」

「おひとりで？」

「ひと目につくのは困る」

「ではございますが……ご城代さまのこともあり、なにかと物騒では……。せめて槍持ちだけでもお連れになられては……」

「かまわぬ。わしも迅雷疾風流免許の腕だ。いざとなれば黒鍬の手先の二、三人相手に引けは取らぬ。――利助、参るぞ」

利助と呼ばれた中間は、無言でうなずくと馬の手綱をぐいと引いた。

初老の武士が行ってしまうと、ふたたび門は閉じられた。みくと清八は蔵屋敷の塀づたいに歩き、なかの様子を少しでもうかがおうとしたが、しんと静まり返っていてなんの物音もしない。ふたりは堂島川に面したところにある裏門のくぐり戸のまえに立った。みくは左右に目を配りながらくぐり戸を押してみたが、内側から閂《かんぬき》がかかっているらしく開かない。

清八が、

「親方、どないします？」

「そやなあ……思い切って、塀乗り越えたろか」

「えっ……！　ほな、わしも一緒に……」

「いや、あんたはええ。うちひとりの方が捜しやすい。もし、一刻（約二時間）ほど経ってもうちが戻らんかったら、そのときは頼むわ」

「へ、へえ……」

まだ昼過ぎなので、ひと目がある。みくは清八に肩車をしてもらい、塀のうえに上った。塀に沿って蔵役人とその家族が住まう長屋があるが、敷地のほとんどは大きな蔵に占められている。中央には書院造りの母屋がある。母屋は、領主が立ち寄った場合に宿泊する場所であり、蔵役人の執務室や客間、台所、風呂、茶室などもある。

（かどわかされたもんを閉じ込めておくとしたら……）

長屋の空室かもしれないし、蔵のどれかかもしれないし、母屋かもしれない。みくがゆっくりと邸内を見渡していると、

「あんた、だれやっ！」

鋭い声が聞こえた。そちらを見ると、お盆を手にした奉公人らしい若い女が母屋の廊下に立ってみくをにらみつけている。

（しまった……！）

あわてて立ち上がろうとしたみくは、足を踏み外して塀のうえから転げ落ちた。飛び

石でしたたか頭を打ち、みくは気が遠くなった。

◇

気が付いたとき、みくは布団部屋のようなところに寝かされていた。かたわらにはさっきの女が座っていた。

「あれ……？　うち、どないしたんやろ」

女が、

「あんたは塀から落ちて、気ぃ失《うしの》うてたんや。蔵屋敷のお役人方に見つかったらなにされるかわからんさかい、ここに連れてきた。気絶してたのはほんの瞬《まばた》きするぐらいのあいだや。血も出てないし、コブができただけや」

みくは頭に手を当てた。たしかにおおきなコブができており、そのうえに膏薬が貼り付けてあった。

「お姉さんが手当てしてくれましたんか？」

「そや」

「なんで……？」

「なんでて、わての声にびっくりしてコブこさえたんやから、それぐらいするのは当たり前やろ。――あんた、あんなところでなにしてたん？」

「あ……いや、その……盗人やおまへんで」

「わかってる。——あんた、目明しちゃうか」

「えっ……なんでわかりました？」

「まあ、ちょっとな。とにかく盗人やろうが目明しやろうが、昼日中から若い娘が塀乗り越える、ゆうのはただごとやないで。見んかったことにしといたるさかい、だれにも見られんようにとっとと出ていきや」

「あの……お姉さん……」

立ち上がったみくは思い切って言った。

「こちらの蔵屋敷にご奉公されてるお方だすか」

「そやけど……」

「あのー……こちらに最近刀を失くしたお侍がいてはらしまへんか？」

「そんなドジで間抜けな侍は聞いたことないな」

「そうだすか……。あのー……」

「なんやのん」

「こちらに双子の駕籠かきが雇われてまへんやろか」

「知らんなあ」

「そうだすか……。あのー……」

「しつこいなあ。まだなにか用かいな！」

「ここに謎解きの甚兵衛さんてゆうおっちゃんがご厄介になってまへんやろか」

女の顔がややひきつったようにみくには思えた。

「そ、そんなひとはおらん！」

「うちがえらいお世話になってるお方で、四、五日まえから急に姿が見えんようになったさかい心配して捜してますねん。この屋敷で見かけた、ゆうひとがいてたもんで、なかをのぞこうと思いましたんや。けど、さよか……おられまへんか。しゃあないなあ。ほかを当たります」

肩を落として帰るそぶりを見せると、

「あ……あの……ちょっと……」

「なんだす？」

「あんた、その甚兵衛ゆうひとのことがよほど気づかわしいのやなあ」

「そうですねん。少しでも手がかりが欲しいんだす」

「わてはそのお方のこと知らんけど、きっとご無事やと思うで」

「知らん相手のことがなんでわかりますのん？」

「わ、わては八卦も見るんや。甚兵衛は元気や、と出た」

「うわあ、元気やったらうれしいけど……」

「あれだけよう食べはるのやさかい元気……あ、いや、なんでもない。それと……もうひとりの方もたぶんご無事やと思うわ」

もうひとりの方……？　みくは一瞬だれのことかわからなかったが、ここは話を合わせなしゃあない。

「そ、そうだすか。あのひとも……ありがたいなあ。お姉さんは八卦の名人や」

「そんなことどうでもええ。このあたりは物騒やさかい、早う帰った方がええで」

そのとき、

「利根《とね》！　どこにおる。早う風呂を沸かさぬか」

そんな声が聞こえた。

「へーい、ただ今。——あんた、わかったな。とっとと去《い》ぬのやで」

女は廊下を走っていった。

（今の利根ゆうひと、おっちゃんが無事や、て教えてくれたんや。つまり、おっちゃんはこの蔵屋敷におる！　けど、もうひとりの方ゆうのはだれやろ。もしかしたら一九郎……）

利根は「早く帰れ」と言ったがこのまま「わかりました」と帰るわけにもいかない。みくは母屋のあちこちを捜しまわった。しかし、昼間ということもあり、見つかってしまいそうで思うように探索ははかどらない。結局、ふたりの居所は知れなかった。

（ここやないんか……。蔵のなかかもしれん……）

米蔵や産物蔵を合わせて、大小の蔵が十ほどもひしめいている。それをひとつずつ調べていくことは、

（うちひとりではむずかしいなあ……）

みくがそう思ったとき、

「ほうー、ほうー」

というフクロウの鳴き声のようなものが聞こえてきた。合図の手笛である。みくは探索をあきらめて、外に出た。喜六が戻ってきていて、

「親方、なんでおでこに膏薬貼ってはりますのや」

「恥ずかしいさかい見んとって！　そんなことよりなにかわかったか？」

「江面の旦那からの伝言をお伝えします。えーと……ちゃんと覚えてるやろか」

「えーい、じれったいなあ！　忘れんうちにとっとと言い！」

「へえへえ……えーと……芸州秋山家は今、城代家老派と次席家老派に分かれてごちゃごちゃ揉めてるそうでおます……」

喜六の話によると、秋山家は君主秋山義純が政をおろそかにして日々放埒《ほうらつ》にふるまい、そのことは公儀にも伝わっているという。贅沢三昧の暮らしのせいで商人たちへの大名貸しの額も膨らみ、にっちもさっちもいかぬ状態になっていたところへ、飢饉が追い打

ちをかけた。しかし、空米取引によってすでに莫大《ばくだい》な金を借りているので、年貢を取り立てぬというわけにはいかない。百姓たちが飢え死にしようが娘を売ろうがそれは「やむをえない」ことなのである。

城代家老の黒皺七郎兵衛と次席家老の虎ケ石頼母はそれぞれがそれぞれの立場で国政をなんとかしようとしてきたが、次第に対立が深まり、抜き差しならぬところまで来ているという。黒皺は殿さまに代わって政を取り仕切り、虎ケ石は飢饉に苦しむ領民をなんとかしようとしているらしい。

「旦那は、甚兵衛はんは秋山家のお家騒動に巻き込まれたんやないか、て言うてはりました。そうやとしたら、ここで親方が騒ぎを起こして、町方のもんやとバレたら、そのあと町奉行所としては手出しができんようになるから慎重に、と……」

「うーん……そらそうかもしれんけど、甚兵衛のおっちゃんが……」

みくは逡巡《しゅんじゅん》したが、ここは一旦引き上げたふりをして様子を見る方が賢明だと判断し、後ろ髪を引かれる思いでその場を離れた。

三人が高麗橋を渡ろうとしたとき、後ろからぱたぱたという足音が聞こえてきた。振り返ると、さっきの利根という女だ。

「ああ、間に合うた。あんたら足速いさかい、追いつくのに骨折れたわ」

「どないかしましたんか？」

みくが言うと、利根は懐紙を折り畳んだものを差し出した。

「これは……？」

「甚兵衛ゆうひとからことづかってきたのや。たしかに渡したで」

「えーっ！」

みくは急いで中身を読んだ。そこには、自分と一九郎が蔵屋敷の長屋の地下にある牢屋に入れられていること、秋山家の剣術の達人が抜刀せずに殺されている謎が解けなくて困っていること、二日後に国許から米や産物などを満載した千石船が数隻大坂に着く手はずになっていること、次席家老の虎ケ石頼母とその一派はそれを売り払った金を秋山家に納めず、領民を救うために使うつもりであること……などが日付とともに書かれていた。

「よかった……甚兵衛のおっちゃんは無事やった……！」

「けど、これはえらいことだっせ。二日後ゆうたら……明日や！」

喜六が、

「親方、刀の謎が解けんと、甚兵衛はんと一九郎の命が危のうおまっせ」

「わかってる。けど……剣術のことはさっぱりわからんからなあ……」

十手なら得意である。みくは刀を十手に置き換えて考えてみることにした。

（その迅雷疾風流ゆうのは一撃必殺なんやろ。つまり、刀を鞘に納めておいて、「ここや!」というときが来たら刀を抜いて敵を倒すのや。達人なら、自分にしかわからんその瞬間をじっと待ってるはずや。けど、「ここや!」というときに「呼吸」を外されるような「なにか」が起きたら……。微妙に抜刀が遅れて、その隙に相手に殺られてしまう、ということも考えられるわなあ。けど、その「なにか」てなんやろ……)

考えてもわからない。ぬいの知恵を借りたいが、今から月面町に戻っていては遅くなる。

「とにかく、剣術の名人にとって、意表を突かれるようなことが起きたのやと思う」

利根が、

「たとえばどんな……?」

「うーん……敵が思てたようなやつやなかったとか。剣術に長《た》けた侍が相手やろ、と思ってたら、よぼよぼのおばんやったらびっくりして刀を抜くのが遅れるんとちがうかな」

清八が、

「なーるほど! 相手が子どもやったとしても、そうなりますな!」

「そういうこっちゃ。病人とか怪我人《けがにん》とか……いろいろ考えられるで。もしかしたら、刺客が家老とかお殿さまやったら、さすがに刀を抜けんやろうし……」

「まさか……」

「ぜったいにないとは言い切れんやろ」

　喜六が、

「そらそうや。相手がカッパやったかもしれんし……」

「それはない」

　みくは断言し、

「とにかく驚くようなことが起こったのやと思うで」

　みくは利根に向き直り、

「やっぱり城代家老の黒鍬七郎兵衛ゆうのが悪いんやろか」

「わては大坂で雇われたもんやさかい詳しいことはわからんけど……案外そうとも言い切れんような気がするわ」

「と言うと……？」

「どっちもどっち、ていうか……お留守居役の今東さまは次席家老の虎ケ石さまの腹心のご家来らしいけど……わてはあんまり信用ならんと思てる」

「それはなんで？」

「蔵屋敷の役人衆や廻船問屋の番頭とこそこそ密談している様子は、領民を救うためというより、なんか悪だくみをしてるようにしか見えんのや。それに、いつも漆塗りの文箱を大事そうに抱えてるのも気になるねん。まあ、ただの勘やけどな」

「ふーん……」

「ほな、わては帰るわ。こんなことしてるのがお留守居役さまにバレたら、それこそひどい目に遭うさかい……」

「お姉さん……なんで、うちらにこんなことしてくれますの？」

「あのな……あんたが血止めしてくれた駕籠かきは、丸太《まるた》と角太《かくた》ゆうて、わての弟や」

「えっ……」

「あんたが気絶してるときにふたりに確かめさせた。コブの手当てしてあげたさかい、これでおあいこゆうことで」

「ありがとう！」

「ほな、わては帰るわ」

利根はあわただしく引き返していった。清八がみくに、

「親方、甚兵衛はんと一九郎を助け出しに行きまひょ」

喜六が、

「弥次郎兵衛と喜多八にも知らせてやって、五人で突撃や！」

みくもうなずいて、

「よっしゃ、やったるで！　秋山家の蔵屋敷にふたりがいることはこれでわかった。江面の旦那にお知らせして、捕り方も出してもらうようお願いするわ」

みくの声は高ぶっていた。

◇

「ならぬ」

「えっ……？」

江面可児之進の答はみくの予想を裏切った。ただちに召し捕りに人数を出してやる、という返事を期待していたのだ。みくと弥次郎兵衛、喜多八の三人は、腰掛け茶屋の床几《しょうぎ》のうえで口をぽかんと開けた。

「なんでだす？」

「じつはな……今日、ご老中からの奉書が大坂ご城代に継飛脚で届けられた。そのあと、東西町奉行がご城代に呼び出され、なにごとか話し合いがあった。そして、町奉行所に戻ったお頭に与力の物部《もののべ》殿とともにわしも呼ばれてのう、秋山家の蔵屋敷に関しては、ご城代からのお指図があるまで決して動いてはならぬ、との厳命であった。そのようなことはめったにない。裏になにがあるのかわからぬが、とにかく町奉行所として蔵屋敷に公に踏み込むことはできぬのじゃ」

一九郎の上役である斧寺伊右衛門があとを引き取り、

「そもそも蔵屋敷のなかでお家騒動の延長がなされたとしても、我ら町方には関わり合いがないこと。国の米や産物を勝手に売り払おうと、それをなにに使おうと、我らに口を出す権限はない。もちろんそういう噂がある、と秋山家に教えてやることはできるが、城代家老側と次席家老側が対立している今、どちらに教えてやるべきかはむずかしい。また、殺されたという剣客についても、秋山家からは病死という届けが町奉行所に出ており、受理されておる」

みくが、

「かどわかされたのは町人だす。それを救うのは町奉行所の役目やおまへんのか！」

斧寺は手ぬぐいで馬のように長い顔を拭い、

「あまり唾を飛ばすな」

弥次郎兵衛が、

「だったら、うちの親分と甚兵衛の命はどうなるんです」

斧寺は、

「まことにそのふたりが秋山家の蔵屋敷に幽閉されているという証拠はないではないか」

「おっちゃんの手紙がおます」

「それだけではいきなり踏み込めぬ。たとえその手紙を蔵屋敷のものに見せたとて、知らぬ存ぜぬでしらを切り通されるに決まっておる」

江面が、

「よいか、おまえたち、この件……おまえたちや我々が考える以上に奥深いことのようじゃ。町奉行所としては動くわけにいかぬのじゃ」

「ほな、うちはなんにもせずに十手を磨いてなあかんのですか」

不服そうに口をとがらせるみくに江面は、

「おまえの出番はきっと来る。そのつもりでおれ」

「その黒皺ゆう家老が一番の悪《わる》だすやろか。お殿さまに取り入って、政を私《わたくし》してるゆうて聞きました」

「さてなあ……大名家のことは外からはわからぬものじゃ」

江面はそう言うと立ち上がり、

「よいな、目明しとして蔵屋敷には踏み込むな。それと……」

江面は咳払いをして、

「おまえにできることをせよ。——斧寺、戻ろうか」

◇

「おふた方、晩飯やでー」

食事の膳を持ってきた利根に甚兵衛は勢い込んで言った。

「おみく坊に手紙、渡してくれたか」

「もちろんや」

「助けにくる、て言うてたやろ」

「そんなことは言うてなかった。剣術のことはようわからん、とは言うとったわ」

ごろ寝をしていた一九郎が、

「けっ……どうせそんなこったろうと思ったよ。あんな小娘になにがわかるってんだ」

利根は一九郎を無視して、

「意表を突かれるようなことが起きたさかい、びっくりして刀を抜くのが遅れたのとちがうか、て言うとった」

甚兵衛は、

「なるほど、さすがはおみく坊や」

一九郎は、

「そんなこたあ俺でも思いつく。なにに驚いたかが肝心なんだ」

「それも言うとったで。相手がよぼよぼのおばんやったり、子どもやったり、病人とか怪我人やったりしたらびっくりするはずや、て……。家老とかお殿さまとかやったら刀は抜けんやろ、とも言うてたわ」

「ええ線突くなあ。けど、よぼよぼのおばんとか子どもとか病人が剣術の達人に勝てるやろか」

「油断してるところをズブッと……」

「うーん……ないとは言えんけど……。家老とかお殿さまが大坂をうろついてるとは思えんし……」

「カッパかもしれん、て言うてたで」

利根の言葉に甚兵衛と一九郎が呆《あき》れたとき、ふたりの侍が石段を下りてきた。

「謎は解けたか？」

ひとりが言った。甚兵衛は、

「あとちょっとのところでおます。死んだおふたりは、自分のまえにいる相手のなにかに驚いた。それで抜くのが遅れて、殺されてしもたんだす」

「なにに驚いたのだ」

「そ、それは……」

そのとき一九郎が大声を上げた。

「わかった……！　わかったわかった、わかーった！」

「なにがわかったのだ」

「剣術名人のまえに立ったのは……女だったんだ」

「女、だと……？」

「そう。相手が女だったので、あなどる心が出ちまった。女なんぞを斬るわけにはいかねえっていう侍の思い上がりがあったのかもしれねえ。その一瞬が命取りになったのさ。とにかく相手はガキでもババアでも病人でもカッパでもなく……女だったんだよ」

侍のひとりが、

「なるほど……ありうる話だな。それだとたしかに刀を抜かなかったことの説明がつく。しかし、この蔵屋敷に、蔵役人の妻女以外に女がおるか……？」

もうひとりが、

「おる。――目のまえにな」

皆は一斉に利根を見た。

「わ、わては知りまへん！　お侍を殺したやなんて、そんなおっとろしいこと……」

蒼《あお》ざめる利根に侍ふたりは、

「とにかく来い。申し開きはお留守居役のまえでせよ」

そう言うと腕をつかみ、強引に連れていってしまった。一九郎が、

「俺がいらぬことを言ったがためにあの女にとんだとばっちりを食わせちまった……。なんとかしなけりゃあ……」

甚兵衛もうなずいて、

「ほんまや！　お利根さんが捕まったら、だれがわしらに飯を持ってきてくれるんや！」

一九郎はずっこけた。

◇

「どないしたらええやろ……」

夕食の箸が進まない様子のみくにぬいが言った。

「お国の米や産物を勝手に売り払おうとしてるひとたちは、そのお金で領民を救おうとしてるのやから立派やと思うけど、法には反してる。これはお家騒動やさかい、どっちかが正しい、とあんたが思い込んで動いたらあかんよ。私らにはわからんような奥の深い揉めごとやと思う。あんたがすべきは、甚兵衛さんと一九郎さんを助け出すこと……それだけに絞りなはれ」

「けど、蔵屋敷には踏み込むな、て……。踏み込まんかったら助けられへんやん」

「江面の旦さんのことや。甚兵衛さんや一九郎さんを見捨てるような気持ちはないと思うで。旦さんの言葉をよう吟味しなはれや」

「うん、そやな……ごちそうさま」

みくは食器を片付けると、

「ちょっと久しぶりに笛吹いてくるわ」

「そうしなはれ」

みくは十手笛を持って表に出た。すでに月が出ているが、まだ時刻は早い。みくは茶《ちゃ》臼山《うすやま》を上った。頂上には池を囲んで鬱蒼とした森がある。みくはそのなかをずんずん入っていき、木の切り株に腰を下ろした。ここならひとに聞かれる心配はない。みくは「妖星《ようせい》」を吹き始めた。はじめのうちは、甚兵衛のこと、一九郎のこと、お家騒動のこと……さまざまなことが頭をよぎり、笛に集中できなかったが、次第に雑念が消えていき、いつのまにか曲のなかに埋没していた。透明な音色が北風に逆らうように木々のあいだを縫っていく。

気が付くと隣に垣内《かきうち》光左衛門《ひかりざえもん》がしゃがみこみ、なにかを探していた。十手笛の歌口《うたぐち》を唇からはなしたみくが、

「なにを探してるんや」

「酒だ。どこに置いた？」

「今日は酒はない」

「なんだと？」

「ちょっと話し相手になってほしいんや」

「私は暇ではないぞ」

「暇やろ」

「む……」

光左衛門はみくの横にあった石に座った。ぐらぐらして安定が悪そうだ。一連の事件についての話を光左衛門は終始つまらなさそうに聞いていたが、

「もういい。だいたいわかった。要するにおまえは、その蔵屋敷に突入して甚兵衛と一九郎を救い、悪玉の首魁《しゆかい》を召し捕りたいのだろう」

「そやねん。相手は大名家のご家老さまやから召し捕るゆうわけにはいかんやろけど、悪事を暴き出してぎゅうと言わせたいんや」

「まあ、おまえの性格ならばそう思うのも無理はない。おまえの言う悪玉の首魁というのは、城代家老黒皺七郎兵衛だろう」

「そや」

「正義の側に立つのは次席家老虎ケ石頼母と留守居役今東鵜右衛門だな」

「もちろんや」

「浅はかだ……。そんな思慮の浅いことでよく御用聞きが務まるものだ」

「なんやて？」

「おまえはどちらの家老にも会《お》うてはおらぬ。留守居役にすら対面していないのだ。どうしてこちらが悪でこちらが正義だとわかる。この世はそんなにたやすくふたつに線引

きができるほどちょろいものではないぞ」

「どういうこと？」

「ことを起こすまえに、ひと呼吸置いてみよ。向こうがなにをやろうとしているのかを見極めよ。ただ単に、相手より早く動きだせばよい、というものではない。殺されたそのふたりの剣客も、だれよりも速く抜刀できるとおのれの腕を過信していたがために、その『速さ』を封じられたとき、手もなくひねられることとなったのだ」

「ほな、殺されたふたりは……」

「たとえば今まさに抜こうとしていた刀の柄にカエルが飛び乗った、というだけでも抜刀は遅れる。その瞬間に倒されるかもしれぬ。雷が落ちた、腹痛が起きた、犬が吠《ほ》えついた、カラスが糞《ふん》を落とした……意表を突かれることはいくらでもある。日頃から、なにが起きようと動じず、胆を練る修業をしておかねばならぬ……というわけだ。殺されたものたちはまだそこまでの境地には達していなかったのだろう」

「なるほどなあ……」

みくは少し考えていたが、

「うちはなにをしたらええやろ」

「おまえはおまえにできることをせよ」

「江面の旦那とおんなじことを言うなあ」

「その同心は、目明しとして蔵屋敷には踏み込むな、と言うたのだな」

「そや」

「それは、町奉行所は動かぬように、と大坂城代から命じられたためであろう。なにか裏の事情があるのだ。だとしたら、公に捕り方を出したり、与力、同心が出馬したりするわけにはいかぬ」

「そうか……目明しとして、やなかったらええのやな」

「わかったか」

「わからん。うちにはなにがやれるんやろ」

「知るか。——もう笛のなかに戻らねばならん。つぎはかならず酒を持ってこいよ。さらばだ」

「はいはい、さらばさらば」

光左衛門の姿は消えた。みくはそのあともしばらく切り株に座って考えごとをしていたが、

「お尻が冷えるわ」

そうつぶやくと立ち上がった。

四

「許せよ」

土佐堀川にかかる栴檀木橋《せんだんのきばし》の南詰に毎夜店を出している「三毛猫屋《みけねこや》」という屋台のうどん屋があった。鎌のような月が白く照り輝く下、その店にひとりの武士が顔を出した。相撲取りのように恰幅がよく、髭面で、腕も太く、胸板も厚い。今どき珍しい豪傑風の人物である。供も連れず、提灯も持っていない。客はほかにいなかった。

「いらっしゃいませ。杵塚の旦那さん、ようお越しくださいましてありがとう存じます。昨日、おとといとお越しがございませんでしたので案じておりました」

「それがのう……夜の外出を禁じられてしまったのだ」

「えっ」

「わしだけではない。蔵屋敷に勤めるもの皆が留守居役の今東殿によって出入りを止められてしまった……」

留守居役というのは、蔵役人たちの長である。蔵元《くらもと》奉行とか大坂米奉行などと称している大名家もある。もともと蔵屋敷の門は五つ（夜八時ごろ）には閉められる。しかし、それは表向きで、門番に小遣いを渡せばくぐり戸をあけてもらえる。その手を使って皆は息抜きに酒を飲みにいったり、色街へ出かけたりしているのだ。

「なんでまた……？」

「うむ、ちょっとな……」

「ほな、ここに来てることがバレたら叱られるのでは……」

杵塚はにやりと笑い、

「そういうことだ。朋輩《ほうばい》にもこういう物騒なときの夜間の他出はしばらく慎んだ方がよかろう、と言われたが、どうもここのうどんを食わんと眠れぬゆえな……」

「うどんを、というより、お酒を、でございましょう」

「ははは。図星だ。おまえのところのしっぽくうどんは玉子焼き、かまぼこ、しいたけ、くわい……と具がぜいたくゆえ、それをアテに一杯飲める」

「すぐに燗をつけますさかい、ちとお待ちを……」

「うむ。そのまえに冷やでよいから五合《ごんごう》ほどここに置け」

うどん屋の親爺が言われた通りに冷や酒を出すと、侍はすぐにがぶがぶと飲み始めた。親爺は熱くした湯にちろりを浸し、火を団扇《うちわ》であおいでいたが、

「杵塚の旦さん、今日はなにやら心配ごとがあるようなご様子だすな」

「わかるか」

「冷や酒がもうおまへんがな。水やないのやさかい、もっとゆっくり飲みなはらんか」

「もう五合出してくれ」

「飲みすぎとちがいますか」

「かまわぬ」

杵塚という侍はなおも冷や酒をぐいぐいとあおる。次第に目が据わってきた。

「あの……旦さん、さっき『こういう物騒なとき』とおっしゃいましたけど……なんぞおましたんか？」

杵塚は声を潜め、

「教えてやってもよいが、おまえは口が堅いか」

「いやー、どうだすやろ。どっちかいうたら柔らかい方で……」

「思うこと言わぬは腹膨るるわざなり、と申すゆえ、思い切って言うてつかわす。大きな声で言えぬことだが……」

そう言って杵塚は大声を出した。冷や酒のせいで、じつは言いたくて仕方がないようだ。

「秋山家もいろいろあってな、先年は銀札発行をめぐる騒動が起こり、ご公儀から目をつけられておる。近年は飢饉も頻発し、領民が飢えに苦しんでおる。百姓どもも一揆を起こさねばならぬところまで追いつめられておる」

「えらいことだすなあ」

「これからの秋山家の舵取《かじと》りをどうするかについてはさまざまな意見があるが、次席家老の虎ケ石頼母殿と大坂留守居役の今東鵜右衛門殿は一方の旗頭だ。ことに虎ケ石殿はひとにおもねらず、おのれの信念を貫く立派な御仁で、秋山家を改革しようとしておられたが敵も多く、とくに城代家老の黒皺殿一派とは真っ向から対立しておられる」

「お家騒動ゆうやつだすな」

「なにか善きことをなそうとすると、かならず反対者が出てくるものだ。わしは虎ケ石殿、今東殿らと心を合わせ、行を共にしておる。正義はわれらにある、と信じておるが……いつも正義が勝つとは限らぬ」

「そらそうだすけど……旦さん方はなにをしようとしてはりますのや」

「うむ……詳しいことは言えぬがのう……虎ケ石殿や今東殿は民を救おうとお考えだが、国禁を犯さずにそれをなすことはできぬ。しかし、わしはたとえ黒皺殿から罪人扱いされようと、虎ケ石殿や留守居役の今東殿についていくつもりだ」

「ご立派でございます」

「そして、明日、我らはことを起こす手はずになっておる。やっと待ち望んだ日が来たのだ」

「そんな大事な日のまえの晩に、こんなところで飲んだくれててもよろしいのか？」

「ところがだ……」

杵塚はそう言ったところで少し黙ったが、酒の酔いが口を開かせた。

「ええい、言うてしまおう。わしは黙っていると口に虫が湧く性分なのだ。おまえも知っておるだろう、わが朋輩に柿畑氏という陸目付がおられてな……」

「何度か旦さんと飲みにきていただきました。旦さんと違《ちご》うて真面目なお方で……」

「数日まえに急に亡くなられた。ご病死であった……」

「えーっ！」

「ということに表向きはなっておるが、じつは殺害されたのだ」

「えーっ！　えーっ！　えーっ！」

「声が高い」

「だれに殺されたんだす？」

「わからぬ。柿畑氏はわけあって、その晩、ひとりで歩いていたのだ」

「もの盗《と》りの仕業だすやろか」

「あの御仁は家中きっての使い手だった。それがもの盗り風情に刀も抜かずに殺されるとはありえぬ」

杵塚は冷や酒の残りを水のように飲み干した。

「へええ、裕福なお大名やと思とりましたが、ご内証は外からではわからんもんだすなあ。柿畑さんが亡くなられたことも、いつも近くで商いさせてもろとりますけど、まるで知りませんでした」

「騒ぎになっては困るので、町奉行所などには届けず、内々で片付けたのだ。おまえも決してよそでしゃべるまいぞ」

「それはもう……こんな話ぺらぺらしゃべったらわてにとばっちりが来ますがな。――さあ、お燗がつきましたで。おうどんもできました。だいぶんに盛りをようしときましたさかい……」

「いつもすまんな」

杵塚はうどんの汁をひと口啜ったあと、湯呑《ゆの》みに入れた酒を半分ほど飲み干した。

「やはり美味《うま》いのう。よい出汁《だし》を使《つこ》うておるわい」

かまぼこや玉子焼きを肴《さかな》に燗酒を五合ほど飲み、最後にぬるくなったうどんをずるずると食べている杵塚に親爺が言った。

「やっぱり旦さん、ご朋輩の方がおっしゃるように、しばらく夜の他出はご自重なさった方がええのとちがいますか。うちとしては毎晩来ていただける方がありがたいけど、せめてお供を連れてくるとか、どなたかと連れ立ってくるとか……。もし万が一旦さんの身になんぞおましたら、それこそ……」

「ふふふ……酒代が取れぬ、というわけか」

「そやおまへん。わては旦さんのことが心配で……」

「わかったわかった。しかし、柿畑氏には劣るとはいえ、わしも秋山家にそのひとあり、と謳《うた》われた四疾神のひとり杵塚主水だ。たとえ城代家老の手先が襲ってこようと、それを恐れて、蔵屋敷の目と鼻の先の店に行くのにわざわざ供を連れていくなどしたら、臆したと思われて恥になる。そのうちうどんを食うにも鎧兜《よろいかぶと》に長槍引っさげて出陣せねばならんことになるぞ」

「あっはっはっはっ……旦さんのそのお姿、いっぺん見てみたい気もしますけどな」

「まあ、どんな敵が襲ってこようと、この先祖伝来の豪剣……は先日失《うしの》うてしもうたゆえ、武具屋であがなった二束三文の安物だが、この安物のひと振りで蹴散らしてくれるゆえ安堵せよ。トラでも獅子《しし》でも真っ二つだ」

「まあ、旦さんのいかついお顔やったら相手もビビッてしもて手ぇ出さんかもしれまへんけどな……」

「はっはっはっ……言いたいことを抜かす。代はここに置くぞ」

杵塚主水は懐手をして悠々と歩き出した。しばらく進んだところで立ち止まり、

「おい、後ろのやつ。うどん屋からつけてきたのはわかっているのだ」

振り返るとそこに立っていたのは、やたら分厚いどてらのようなものを何重にも着込んだみすぼらしい小男だった。杵塚は月明かりに透かしてみたが、頬《ほお》かむりをしているのでよく見えない。大小をたばさんでいないので、町人ではないかと思われた。城代家

老からの刺客ということで、家中の手練《てだ》れや腕の立つ浪人などを想像していた杵塚は唖《あ》然《ぜん》とした。

（こんなやつに柿畑氏が殺されたのか）

「貴様……黒皺殿の手先だな。黒皺は、領民の苦しみに目も向けず私腹を肥やす、武士の風上にも置けぬ奸物《かんぶつ》。その手先ならば叩き斬ったとて神仏も許されよう」

「なんでもええ。おめえはもうじき死ぬんじゃ」

「なに……？」

「おめえは迅雷疾風流四天王のひとりじゃろう。あの流儀は、相手が抜くより先に抜刀することで勝負を決める」

「ほう……詳しいな。おまえも同門か」

「残念ながらちがう。だが……おらの方がおめえより速い」

「うはははは……大言壮語とは貴様のことだ。わしは井筒殿と柿畑殿を除いては、相手に抜き遅れたことは一度もない」

「ひひひ……あのふたりも、おらより遅かったゆえ死んだんじゃ」

「なにっ……！」

頭に血が上る。

「嘘だと思うなら……やってみるか」

挑発に乗った杵塚は刀の鞘を摑んで鯉口を切ろうとした。

(仇を取ってくれる!)

杵塚がそう思った途端、相手はするするとすり足で近寄ってきて、杵塚の左手に自分の手を重ねた。

(刀を抜かせまいとしているのか……?)

杵塚がそう思った瞬間、なにかが光り、ぴしっというかすかな音とともに手の甲に痛みが走った。

「う……」

さほどの痛みではないが、それに気を取られ、刀を抜きはらうのが一瞬遅れた。気が付いたときにはおのれの左胸に錐のような刃物が突き刺さっていた。

「くそっ……柿畑氏がやられたのもこれか……こ、子どもだましの手を使いおって……不覚……」

杵塚は半回転しながらぐにゃりと仰向けに倒れた。小男は刃物を引き抜くと、

「子どもだましとな……。そりゃそうじゃ。だが、たとえ命を削る修業の果てに会得した技であろうと、子どもだましには敵《かな》わぬ。剣術の達人だとうぬぼれとるものほどこういうことに面食らってうろたえるもんじゃ」

そのとき、はらりと頰かむりがほどけた。その下から現れた顔を見て、杵塚は言った。

「き、貴様……今東殿が馬の口取り役に国許から呼び寄せた……たしか利助という中間ではないか！　ということは、まさか……」

「死ぬ間際につまらぬことをごちゃごちゃ考えるのは、冥途逝きの妨げじゃ。おめえは黒鍬を恨みながらあっさりと死ね」

そうつぶやいてとどめを刺そうとしたとき、飛来した石礫《いしつぶて》が小男の手に当たった。

「だれじゃ」

利助は暗闇を透かし見た。立っていたのはみくだった。

「なんじゃ、小娘か。——怪我せぬうちにどこかに消えろ」

「そうはいかん。あんたのやり口、たんと見せてもろたで。冬にいろいろ着込んだとき、ものに触るとバチッてなって小さな火花が散るけど、あれはエレキゆうもんの仕業や、ておかんに聞いたことがある。あんたはそのエレキを身体に溜《た》めて、侍が刀を抜こうとしたときに手を触って、相手をびっくりさせる。そのほんのわずかな隙に相手を刺し殺すのや」

「ようおらの術を解いたのう。おめえは何者じゃ」

「ただの通りすがりや」

「目明しじゃねえのか」

「ちがう。——今日はな」

「おらは生まれつき肌がミイラみてえにからからに乾いとる。こういうのはエレキが溜まりやすい身体らしくて、ガキのころはまわりの連中に嫌がられたもんじゃ。甲賀《こうが》の里で忍びの修業をしているうちに、わざとエレキを蓄えることを覚えてな、分厚い着物を重ね着して、分厚い革靴を履く。髪の毛も伸ばし放題にしておく。そうすると、なにかに触ったときに派手にバチッとなって、相手は痛みを感じるのじゃ」

そんなことでも剣客は普段の必勝の「形《かた》」を崩されてあわてふためく。そこを狙うのだ。

「やっぱり忍びか。黒皺ゆう家老に雇われた刺客やな」

「それは言えぬが、秋山家には十二のときから世話になっとる。生きるためにな」

「…………」

「おらの秘密を知られたからは生かしておけねえ。——死ね」

利助は錐のような刃物を逆手に持つと、みくに飛びかかった。凄まじい速さで、みくにはその動きが見えなかった。みくは十手を持ってきていない。後ろに倒れるようにしてかろうじてかわしたが、右腕に痛みが走った。みくは小石を拾っては礫のように投げながら逃げるが、利助は軽々と避《よ》けて、あとを追ってくる。

(しつこいなあ……)

みくは十手を持ってこなかったことを後悔した。みくは逃げる、利助は追う。そのうちに利助は高々と跳躍し、みくの頭上にあった太い松の枝を両手でつかんで一回転したあと、枝に足をかけてコウモリのように逆さにぶら下がり、刃物を構えてそのまま落下してきた。

（あかん……！）

みくはその攻撃を避けることができず、目を固くつむった。

◇

燭台《しょくだい》のか細い明かりが揺れる薄暗い地下牢に、ふたつの影が動いた。そのうちのひとつが壁に額をぶつけて、

「痛《いて》えっ！　どうしてこんなところに壁があるんだよ！」

「しっ！　静かにしねえか……！」

声を聞きつけた一九郎が、

「そこにいるのはだれでえ」

影のひとつがはずんだ声で、

「ああ、親分、そこでしたか。暗《くれ》えからわからなかった」

「その声は弥次郎兵衛だな。助けにきてくれたのか」

「喜多八もおりますぜ」

「ありがてえ！　よく来てくれた！」

一九郎は格子を握りしめた。弥次郎兵衛が、

「甚兵衛からのおみく親方への手紙を読んだんでさあ。——この錠を開けるにはどうしたらいいでしょう」

「十手でこじあけりゃあいいだろう」

「ところが今日は十手を持ってねえんで……」

「忘れてきたのか。間抜けな野郎だぜ」

「そうじゃねえ。今日は俺たちゃ目明しじゃあねえんです」

「だったらなんなんだ」

「通りすがりってとこでしょうね。言っときますが、お奉行所のお役人や捕り方は参《めえ》りません。俺たちふたりがなんとかするしかねえってわけで……」

「頼りねえなあ。とにかくとっとと錠を開けろ。また侍の見回りが来たらことだぜ」

「そう言われても……」

弥次郎兵衛と喜多八は錠を開けようとがちゃがちゃやりはじめた。その音がやたら大きく、

「うるせえ！　そんなにでけえ音立てたら侍に聞こえちまうじゃねえか。ドジ！　間抜け！　ド阿呆《あほう》！」

「親分の方がうるせえ。――どうしよう、喜多さん。ひと思いにねじ切っちまうしかねえか」

「さっきからやってるんだが、なかなか頑丈で……」

甚兵衛が、

「おみく坊は来てへんのか」

弥次郎兵衛が、

「知らねえよ。俺たちゃ親分を助けに来ただけだ。あんたもついでに助けてやるからありがたく思えよ」

「ふん！　ここの場所を知らせてやったのはわしの手柄や」

隣にある小さな牢に入れられている利根が、

「わても助けてや！　手紙を届けたのはわてやで！」

錠を捻《ね》じ曲げようと汗だくになっている喜多八が、

「わかっちゃいるけど……硬いぜ、こいつは……」

そのとき、石段を下りてくる複数の足音が聞こえた。

「やべっ……」

全員が身体を硬直させ、息を殺していると、

「姉ちゃん……姉ちゃん……」

利根がホッとした表情で、

「なんや、あんたらかいな。びっくりするやないの」

甚兵衛が、

「顔がそっくりのこのおふたりは……？」

「丸太と角太ゆうて、わての弟や。この蔵屋敷で駕籠かきに雇われてるのや。――あんたら、なにしに来たん？」

「姉ちゃんを助け出しに来たのや。さっきお留守居役さまの部屋のまえを通ったら、明日の大事が終わったら、地下牢の三人は口封じのために殺してしまおう……とか言うとるのが聞こえたのや。――日頃、重い駕籠担いで鍛えたわてらふたりの力やったら、こんな錠潰してしまえる」

弥次郎兵衛が手を打って、

「いいところに来てくれた。まずはこっちから潰してくれ。四人がかりならなんとかなるだろう」

利根も賛成したので、丸太と角太は弥次郎兵衛、喜多八に手を貸し、錠を壊すことに成功した。一九郎と甚兵衛は自由の身になった。今度は六人で利根の牢の錠を捻じ曲げる。これも上手くいった。

「まごまごしちゃあいられねえ。表に出ようぜ」

一九郎を先頭に七人が石段を上った。

◇

その日の商いを終えたうどん屋が畳んだ屋台を担いで通りかかり、杵塚を見かけた。

「旦さん、この寒い晩にこんなところで酔うて寝てたら風邪引きまっせ」

そのときうどん屋は杵塚の胸から血が流れ落ちていることに気づいた。

「そーら、言わんこっちゃない。物騒やさかい出歩くな、て言われてて、きっちりこんなことになってしもた」

うどん屋はため息をつき、がっかりしたような顔つきと、

「毎晩五合召し上がってくれはる上客やったのに、これで酒代が取れんようになったがな。なまんだぶ、なまんだぶ……」

杵塚に向かって手を合わせたうどん屋は、

「蔵屋敷に知らせたろか……。うーん……ま、やめとこ。関わり合いになったらかなわんさかいな……」

薄情にもそのまま打ち捨てようとしたが、

「う……ううむ……うどん……屋……」

「あれ？　まだ生きとるがな。こうなると見捨てるというわけにもいかんなあ」

うどん屋が簡単な手当てを施すと、杵塚は苦しそうに立ち上がり、

「あの男はどこだ？」

「あの男……？」

うどん屋があたりを見回すと、少し離れたところに若い娘が立っているのが見えた。その頭上にある松の木に、背の低い男が刃物を持ってぶら下がっている。

「旦さん、あれ……！」

「おおっ……！」

杵塚が小柄を抜いて男に向かって投げつけるのと、男が刃物を構えて逆さまに枝から飛び降りるのがほぼ同時だった。小柄は男の脇腹に突き刺さり、

「ぶぎゃあああっ」

男は悲鳴を上げて墜落した。地面を俵のように転がったあと、

「不覚……不覚じゃ……びっくりさせねばならぬおらがびっくりしちまった。ふふふ……ふふふ……はっはっはっはっ……」

笑いながら男は脇腹を手で押さえ、その場に座り込んでしまった。みくのもとに弥次郎兵衛、喜多八、一九郎、利根たちが駆けつけた。そのいちばん後ろに甚兵衛の元気そうな姿を見つけ、

「おっちゃん……！」

みくはにっこり笑った。そこにようやく喜六、清八に両脇を支えられながら江面可児之進が到着した。弥次郎兵衛が清八に、

「遅いじゃねえか。今ごろ来ても、もう俺たちが片付けちまったぜ」

清八は小声で、

「江面の旦さんの走るのが遅すぎて、遅くなってしもたんや」

江面は腰が直角に曲がっており、走るのはカメより遅い。しかし、江面は憤然として、

「なにを言うか。この一件にたずさわるものとして、またお頭に呼ばれていたのじゃ」

みくが、

「なにかおましたか」

「うむ。大坂ご城代から東西町奉行への公のお指図があった。どうやら明日、一波乱ありそうだのう」

そう前置きしてから江面が話し始めたのは、秋山家お家騒動の裏側だった。

五

淡路島の由良に停泊していた三隻の千石船は、翌朝まだ暗いうちに大坂湊《みなと》へと到着した。安治川《あじがわ》をさかのぼり、安治川橋下手あたりに錨《いかり》を下ろし、米や産物を小舟へと積

み替える。その小舟が秋山家の蔵屋敷へと向かうのだ。留守居役の今東を先頭に、蔵役人たちは大勢の仲仕を指揮して、数多くの品々をつぎつぎと運び込む。昼近くにはすべての蔵が満杯になった。

今東は目録と蔵ものの現物をひとつずつ突き合わせていたが、やがて桑名屋の番頭に、

「これでよい。米と産物……すべて検分したが間違いはない。よくやってくれた」

「お留守居役さまもお疲れさまでございました。すでに仲買たちが入札役所にて待ち構えておりますが、さぞお腹《なか》もおすきやと思います。昼食《ちゆうじき》をお取りあそばしてから、入札ということにいたしましてはいかがでしょう」

「いや……のんびりしてはおれぬ。産物を売り払《はろ》うた金を国許に届け、領民のために使わねばならぬ。届けるのが一刻遅れれば、その間に何人かが飢えて死ぬ。急ぐのだ」

「恐れ入りました。では、早速……」

時期外れの御用船の入港を事前に知らされていた仲買たちは、手ぐすねを引いて待っていたのだ。合図によって仲買たちはそれぞれの蔵に入り、年貢米、農産物や干物などの食品、綿、紙、筆、漆器……といった産物を目で見、手で触って細かく吟味し、片っ端から値段をつけていった。たちまちほとんどが落札され、代金は掛屋に支払われた。米のひと粒、するめの一片、紙の一枚までもすっかり売り払ってしまい、商いはとどこおりなく終了した。

仲仕たちには重い荷役をねぎらうため酒がふるまわれた。早くも長屋からは酔った連中の歌や手拍子が聞こえてくる。ようやく責任を果たし終えた蔵役人たちも広間に集まり、車座になって茶碗酒《ちゃわんざけ》を酌み交わしはじめた。肴は焼き味噌《みそ》だ。

「ああ、やっと終わった」

「これで国許の民を救えるぞ」

「もし、殿からお叱りを受けても、我らが腹を切れば済むことだ」

そこに、留守居役の今東鵜右衛門が入ってきた。皆が盃《さかずき》を置いて頭を下げ、

「おお、今東殿！　宿願達成、おめでたを申し上げまする」

「おめでとうございます！」

今東はさすがに疲れ切った表情で、

「なんとかすべてを売り切ることができた。これもご一同のご尽力の賜物《たまもの》と存ずる」

「売り上げはどれぐらいになりましたか？」

「掛屋から渡された金子《きんす》、たった今帳合いを終えたが、その総額は……」

今東の口にした額を聞いて一同は感嘆した。

「そりゃあすごい。なにもかも上手くいった。黒鍬殿も我らの意志を妨げることはできなかったというわけですな」

「刺客恐れるにたらず！」

今東が、

「もし、我らがやったことが公になれば、お咎めを受けるのは我々だけではないぞ。黒鍬殿もただではすむまい。罷免か、もしくは切腹の沙汰があろう」

「悪は滅びる、ということですな。愉快愉快」

そこへ桑名屋の番頭が丁稚とともに酒肴《しゅこう》を運んできた。

「焼き味噌やなんて、そんなシケたもんで飲んではりますのか。今日は祝いでおます。いろいろとお料理を持ってまいりました。お酒も池田《いけだ》の銘酒がおます。さあ、どんどんやっとくなはれ」

「おお、これは豪儀だ」

侍たちは飢えた狼《おおかみ》のようにごちそうと上酒《じょうしゅ》に群がった。

「祝いと言えば、今ごろ国許では殿の本卦の祝いが行われておろう」

「ははは……決行の日どりを本卦の祝いの日に決めたのは虎ケ石殿の妙案であったわい」

「もし、我らの義挙のことを知っても彼奴《きやつ》らは動けまい」

目的を成し遂げた一同は、くつろいだ気分で大酒を飲んだ。

「おい、そう言えば杵塚がおらぬな。どこに行った」

「朝から姿を見ていないのだ。腹を下してはばかりにでも籠っているのかと思うていたが……」

「大事の日になにをしておるのだ」

そんなことを言いながら皆は盃を重ねた。なかにはいびきをかいて寝てしまうものもいた。

「おい、お留守居役はいずれにおられる。あのお方にこそ飲んでいただかねばならぬものを……」

「手水《ちょうず》ではないのか」

「それにしては長すぎる。心労と疲労で倒れていたりしてはことだ。だれか見てこい」

「よし、拙者が参る」

ひとりがよろよろと立ち上がり、広間を出ていった。しばらくして戻ってくると、

「手水にはおらぬ。居間にもおいでではないうえ、調度がひとつも残っていない。もぬけのからだ」

「どういうことだ」

「わからぬ。門番にきくと、少しまえに馬に乗って出ていかれた、とのことだ。旅支度をしておられたそうだ」

一同は顔を見合わせた。

「旅支度？　それは妙だな」

「ひと足早く、国許にお帰りになったのだろう」

「我らになにも言わずにか？」

「一刻も早く売り上げを虎ケ石殿にお届けしようと気がはやったのだ」

「我らも酔っ払っている場合ではない。ここでの役目は終わった。国に帰ろうではないか」

「そうだな。今日のことが知れたら、黒皺一派がなにをしてくるかわからぬ。国許での争いごとに備えて虎ケ石殿や今東殿をお守りするのだ」

そう言ったとき、廊下を近づいてくる足音が聞こえた。

「なんだ、戻ってこられたではないか」

立ち上がろうとしていたものたちは座り直した。しかし、襖が開き、そこに立っていた人物を見て皆は驚愕《きょうがく》した。悲鳴を上げたものもいた。それは、城代家老黒皺七郎兵衛だったのだ。

「どうした、夕立にでも遭《お》うたような顔をして……わしがここにいるのがそんなに不思議かな」

「こ、これはこれはご城代。お役目ご苦労に存じあげまする。いかがでござろう、駆けつけ一杯ということで……」

盃を差し出そうとした侍に黒皺は、

「たわけっ！」

その雷鳴のような一喝に侍は盃を落とした。べつのひとりが、

「お留守居役にはもうお目にかかられましたか。まだでしたら捜してまいります」

「今東なら、もう戻っては来ぬ」

「えっ……？」

黒鍬は広間に入ると、上座にどっかりと座った。「悪は滅びる」などと言い立てていたものたちも、その威厳に打たれ、座して頭を下げた。

「おまえたちは虎ケ石と今東にだまされていたのだ。やつらは結託して、秋山家の産物を勝手に売り払い、その代金を私《わたくし》するつもりであったのだ」

「いえ、それは飢えたる領民を救うために……」

「はてさて……貴様らの目はどこについておる。今東が向かった先は国表《くにおもて》ではない。江戸だ」

「えっ……？」

「殿の目に余るご乱行がご公儀の知るところとなり、大目付からあの両名に内々の打診があった。秋山家を取り潰したいが、その証拠となる品を差し出せば、両名の身分は保証しよう、という内容だ」

「まさか……虎ケ石殿が主家を売ったと申されるか……」

「そのとおりだ。殿とご愛妾による浪費によってお家の台所はかなりまえから破綻しかかっておる。飢饉が続くと、空米の利子も払えぬ。というて、年貢を取り立てぬというわけにはいかぬ。わしは、領内で見つかった銀山の存在をご公儀に届けず勝手に採掘し、そこからの上がりでなんとか財用の崩壊を免れんとしていたが、百姓どもの不平不満はその日々つのるばかり。あの両名は、百姓の不満を煽《あお》り、一揆を扇動するだけでなく、その首謀者たちに血判を押させ、その連判状を大目付に差し出すつもりだったのだ」

国内で大規模な一揆が起きれば、国主の責任が問われるのは当然である。

「ほかにも、銀山の場所や採掘の詳細をつづった帳面など、秋山家の『悪事』を示す証拠をご公儀に渡すことで、主家が取り潰しになっても自分たちは処罰を免れ、此度の売り上げをふところに入れて遁走《とんそう》させてもらう、という密約ができていたのだ。もちろん他家への仕官の道も確保されておるはずだ」

「そんな……そんな馬鹿な……」

侍のひとりが、

「嘘だ。ご城代はおのれの政のしくじりを虎ケ石殿や我らにかぶせようとしておられる。そもそも、殿の本卦祝いの当日になにゆえ大坂におられるのです」

「それはな……」

そのあと黒皺が話した内容は蔵役人たちにとって寝耳に水の驚きだった。

「ご城代……目が覚めましてございます。おのれの浅はかさが情けない」

「今東はいずこだ。よくもだましてくれたな」

「叩き斬ってくれる」

侍たちは口々に言った。

「まあ、待て。今ごろ、やつの命運も尽きておることだろう」

黒鍬はそう言うと、どこか遠くを見るような目になった。

◇

（肝心のときに利助はどこに行ったのだ……）

駕籠に乗った今東鵜右衛門は、江戸に向かっていた。旅支度を調えた今東の左手は、駕籠のなかでもつねに刀の鞘のうえにあった。蔵屋敷で雇っている専属の駕籠かきなので、足の運びもよい。

（すべて上手く運んだ。産物の売り上げは為替にして江戸に送った。あとは向こうで虎ケ石殿と落ち合い、大目付から再仕官の斡旋《あっせん》を待てばよい。秋山家のことは知らぬ。あとは野となれ山となれだ……）

この駕籠はつぎの宿場で乗り換え、昼夜兼行も厭《いと》わず、できるだけ短い日数で東海道《とうかいどう》を踏破するつもりだった。今東は、肌身離さぬ漆塗りの文箱の蓋を愛《いと》おしそうに撫《な》でた。

(この中身は、さすがに飛脚で送るというわけにはいかぬ。わしが持参せぬとな……)

飛脚のなかには、預かった荷物を勝手に開封して金目のものを着服してしまう不心得者もおり、うかつに大事の品を託すことはできない。

(しかし、これがわしにとっては将来を約するお墨付きのようなものだ……)

そんなことを思いながら駕籠に揺られていると、しだいに速度がゆっくりとなり、しまいには止まってしまった。

「どうした。なにかあったのか」

駕籠のなかから声をかけると駕籠かきが、

「ここでちょっくら降りてもらいまひょか」

「なんだと？　わしは急いでおる。酒手《さかて》が欲しいならくれてやる」

「いや、そやないんで。わっちらの方でお留守居役さまに用がございますので……」

「今はそれどころではない。とっととつぎの宿へ行かぬか」

しかし、駕籠の戸が開かれて、左右から同じ顔の男がのぞき込んできた。

「なにをする。わしは秋山家留守居役……」

「わかってま、わかってま」

「わてら、近頃、ひとを駕籠に押し込んだり、むりやり降ろしたり……そんなんばっかりや」

今東は外に連れ出されたが、その際も漆塗りの文箱をしっかり抱きかかえていた。そこに待っていたのは十手を斜めに構えた若い娘だった。

「なんだ、おまえは」

「月面町のみく。――みんなで手分けして、いろんな街道とか脇道を張ってたけど、うちのところに来合わせるやなんて運のええやっちゃなあ」

今東は舌打ちをして、

「おまえは十手持ちか。大名家家内のことに町方風情が口出し無用」

「ところがそうはいかんのや。あんたが抱えてるその文箱になにが入ってるか見せてもらおか」

「こ、これは……」

今東は文箱を袖で隠すようにすると、

「わしは迅雷疾風流四天王のひとりだ。貴様らごときが歯の立つ相手ではないわ」

「あーあ、往生際が悪いなあ。召し捕られた利助ゆう忍びがなにもかも白状しよった。今は天満の牢に入ってるわ。あんたも覚悟を決めて神妙にせえ！」

「なに……！」

「それだけやないで。あんたのお国許ではな……」

わしは今東鵜右衛門を捕縛し、産物の代を取り戻すために当地に参ったのだ」

　一同は呆然《ぼうぜん》とした。

「改易は……改易は免れたのでござろうか」

「わしはかねてより、虎ケ石たちとはべつにご老中と秋山家の行き方について相談しておった。ご老中のご意見では、飢饉、借金、殿の乱行、一揆、銀山の件……今の当家の様子では二十万石に傷をつけずにすませることはできぬ、とのことだった。それゆえわしは因果を含めて殿を隠居させ、ご公儀に領地の半分を差し出すことで、なんとかお家を存続させる旨の内諾を得たのだ。半分は天領となるが、領民にとってはうえに立つものが替われど日々の暮らしは変わらぬ。今より多少でも楽になることを祈るしかない。また、武士にとっても、なにより大事な家名が残るのだから取り潰しよりはるかにましではないか。大目付も、ご老中の決定に従うことになり、虎ケ石との密約は反故《ほご》になっ

◇

　黒鍬七郎兵衛は声を張り上げた。

「よく聞け。本日をもって、殿は隠居なされることとなった。江戸屋敷においでのご嫡子蟬千代《せみちよ》君がお世継ぎとなられ、ご公儀のお許しを得たうえで正式に披露となる。また、お千の方は髪をおろして尼となられた。虎ケ石には蟬千代君によって切腹が命じられた。

たのだ。それを知らせる老中奉書が大坂ご城代に届いたのが昨日のことだ」

「そ、そりゃまことでござるか」

「嘘だと思うなら、ご城代に確かめてみよ。ご城代と大坂東西町奉行にはすでに了解賜り、今東鵜右衛門の召し捕りに力をお貸しいただくことになっておる。――おまえたち」

「はっ……」

「虎ケ石と今東にたぶらかされていたとはいえ、おまえたちにも罪はある。領地が半分になるのだから、家臣も全員をそのまま仕えさせるというわけにはいくまい。おまえたちも今後必死で努力せぬと、明日どうなるかはわからぬぞ」

一同はがっくりと肩を落とした。ひとりが顔を上げ、

「では……柿畑殿や井筒殿を襲撃した刺客は黒皺殿の手のものではないのですか」

「ちがう。国許で井筒を倒したのは利助と申す虎ケ石子飼いの忍びだろう。おそらく、こちらで柿畑を殺したのもその男だ」

「えっ……あの馬の口取り役の中間が……」

「虎ケ石はわしがすべての黒幕であるかのように思わせ、わしにおまえたちや領民の恨みがかかるように、わざとおまえたちを襲わせたのだ」

「し、しかし、井筒殿は地面に『七』と書き残しておられたとか。それは黒皺七郎兵衛

殿の『七』ではござらぬのか」

「あれは虎という文字を書くつもりで、中途で力尽きたのであろう。かえってそれが混乱を招く結果となった」

一同は寂《せき》として声もなかった。

◇

「というわけで、あんたの目論見は全部潰れてしもた。残念やったな」

「くそっ……！」

みくに斬りかかった今東は、刀を十手笛ではじき返された。みくは十手笛を唇に当て、呼子《よぶこ》代わりに吹き鳴らした。ぴーっ、という甲高い音があたりにこだました。逃げ出そうとした今東のまえにふたりの駕籠かきが立ちはだかった。

「どけ！　どかぬか！」

文箱を左手で抱えたまま、右手で刀をめちゃくちゃに振り回して血路を開こうとしたが、丸太と角太は両手を広げ、左右の立ち位置を目まぐるしく入れ替える。同じ顔が右から左、左から右へと高速で移動するので、今東は目が回ってきた。

「ええい、鬱陶しい！」

苛立《いらだ》った今東がふたりを斬り捨てようと刀を振り上げたので、丸太と角太は、

「お助けーっ」

と叫んで逃げていった。今東は笑って、

「意気地のないやつらだ……」

そんな今東の肩を後ろからだれかがぽんと触った。

「だれだ！」

振り返った今東の目に映ったのは、またしても今の駕籠かきと同じ顔だった。

「ひえぇっ！」

卒倒しそうになった今東の背中にみくがカエルのように飛びついた。

「なにをする！」

今東はみくを振りほどこうともがいたが、みくは顔を真っ赤にしてしがみつく。漆塗りの文箱が今東の手から転がり落ち、ふたつに割れた。なかから書状の束が飛び出して散らばった。今東はみくを、背負い投げのようにして地面に叩きつけた。今東が刀を逆手に持ち、みくの胸に突き立てようとしたとき、ようやく江面が喜六、清八とともにたどりついた。それに気づいた今東は江面に向き直った。

「遅いやないか！」

みくが怒鳴ると清八が、

「す、すんまへん。江面の旦那が走るのがナメクジより遅すぎて……」

「またかいなー」

江面はよたよたとまえに出ると、十手を抜いた。

「老いぼれめ、すっこんでおれ。わしは迅雷疾風流免許皆伝だ」

あなどった今東が刀を大上段に振りかぶった途端、江面の曲がっていた腰がシャキーン！　と伸びた。勝負は一瞬だった。今東が振り下ろした刀を江面は避けようともせず、十手を今東の横面に思い切り叩き込んでいた。今東は白目を剝《む》いて悶絶《もんぜつ》した。

そこに、甚兵衛と利根がやってきた。腰がもとに戻ってしまった江面は喜六と清八に両脇から支えられながら、

「これでなんとか一件落着じゃ。おみく坊の手柄じゃな」

「いや……今度の件はうちなんかより、みんなの手柄です」

それはみくの本心だった。

「けど……なんで駕籠の双子は右と左に逃げたのに、後ろからあいつの肩を叩けたんや？」

利根が悪戯《いたずら》っぽく笑って、

「さあ、なんでやろな。――謎解き甚兵衛さんならこの謎解けるのとちがうか？」

甚兵衛が頭を掻いて、

「いやあ、わしにもさっぱりわからんわ。そろそろ『謎解き甚兵衛』の看板下ろした方

がええかもしれんなあ」

　利根が、

「わては『弟や』とは言うたけど、いっぺんも『双子や』とは言うてないで。駕籠かきしてるのはふたりやけど、もうひとり弟がいててな、じつは三つ子やねん」

　同じ顔の三人がみくに同時に顔を近づけたので、みくはぎょっとしながら、

「まあ、『謎解きが得意な甚兵衛』やのうて『謎解きが好きなだけで得手やない甚兵衛』やったらかまへんのとちがう？」

「とほほほ……」

　甚兵衛がまたしても頭を掻いたとき、

「あのー、おみく親方……」

　三人の同じ顔の駕籠かきがまえに並んだので、みくは嫌な予感がした。

「な、なんやのん……？」

「わてらを手下《てか》にしてもらえまへんか」

　みくは仰天した。

◇

　為替で送られた産物の売り上げは、東町奉行所の尽力により途中で全額差し押さえる

ことができた。今回の一件に関与した秋山家大坂蔵屋敷の役人たちには、黒鍬七郎兵衛によって、追って沙汰あるまで蔵屋敷で謹慎し、蟬千代君による裁きを待つよう命じられた。

「私利私欲のためではなく領民のための所業ゆえ、慈悲ある評定になるよう、わしも口添えいたすつもりだが……覚悟はしておけ」

黒鍬の口調は厳しかったという。秋山家は老中と大目付によってその不行跡を咎められたが、領地の半分を返納することで改易を免れた。天領となった部分も含めて従来通り年貢は五公五民のままで、飢饉の折には減免も検討するという触れが公儀、秋山家双方から出され、領民の暮らしは少しばかり楽になった。

ぴーひゃら

オマケ　一九郎親分捕物帳

一

「親分、もうそのぐらいにした方が……」

喜多八《きたはち》の言葉に一九郎《いちくろう》は朦朧《もうろう》とした酔眼をうっすら開けて、

「なんだと？　おめえは俺に酒を飲むなってえのか。いつからそんなにえらくなったんだ。家賃が払えず江戸の長屋を追ん出されて路頭に迷ってたおめえたちを上方《かみがた》に連れて来てやったのはだれだ」

一九郎、弥次郎兵衛《やじろべえ》、喜多八の三人は高津入堀川《こうづいりほりがわ》の西側、西高津新地《にしこうづしんち》にある「あめんぼ屋」という居酒屋の小上がりで酒を飲んでいた。このあたりは一九郎が高津の檀吉《だんきち》から引き継いだ縄張りの内なので、もちろんタダ酒だ。居酒屋の主《あるじ》は苦い顔で三人ががぶがぶ酒を飲むのを見ている。

「そりゃあ親分です。そのことにゃあ感謝してるんだ。けど、感謝してりゃあこそ身体《からだ》の心配《しんぺえ》もしたくなるってもんです」

弥次郎兵衛も、

「飲むなとは言わねえが、親分の近頃の飲み方は飲むというより浴びるてえやつだ。いくら百薬の長でもこれじゃあ毒にならあ」

「うるせえ！　飲まずにおれねえから飲んでるんだ。ごちゃごちゃ言うんじゃねえ」

喜多八が、

「親分が飲みたいって気持ちもわかりまさあ。せっかく手柄を立てられると思ったのに、結局はおみく親方にかっさらわれちまって……」

弥次郎兵衛が、

「そうそう。あげくの果ては蔵屋敷に忍び込んだことでお奉行さまが『目明《めあか》しをきちんと指導せよ』と斧寺《おのでら》の旦那を叱りつけて、それで斧寺の旦那が怒りまくって親分に……」

「言うな！　それ以上言うんじゃねえ！」

「尻をまくれ、と言って、竹ぼうきで親分のケツを……」

「うるせえうるせえうるせえうるせえ！」

「親分がいちばんうるせえって」

一九郎はちろりの酒を湯呑《ゆの》みに全部入れると、ひと息で飲み干し、

「面白くねえ。――親爺《おやじ》、お代わりだ！」

盆を手にしたあめんぼ屋の主がやってきておずおずと、

「親方……すんまへん。そう水みたいに飲まれたら店が潰れてしまいます。一杯や二杯ならおごらんことはおまへんが……」

「なんだと！」

一九郎は片膝を立てて十手を引き抜き、主に突き付けようとしたが、酔いのせいで身体がぐらりと傾き、そのまま衝立《ついたて》に倒れ込んだ。隣で飲んでいた客は初老の町人で、立派すぎる身なり恰好《かっこう》からみて、相当裕福な商人《あきんど》だと思われた。弥次郎兵衛と喜多八があわてて、

「あいすいません。うちの親分、ちょっと酔ってるもんで……どうかご勘弁なすってくだせえ。お召しものは汚れやしませんでしたか」

町人はじろりと弥次郎兵衛、喜多八を見ると、

「はてさて、久しぶりの大坂で、美味《うま》い上方の酒を飲むにはこういうざっかけない店の方がよいか、と思うて入ってみたが、やはり騒がしくて落ち着いて飲めぬものだ。——亭主、勘定はいくらかな」

初老の町人は主が口にした代金の倍ほどの金をそこに置いた。あめんぼ屋の主は、

「これはこれは過分にちょうだいいたしまして……ありがとうございます！」

「なあに、同じ江戸のものが迷惑をかけている迷惑料だ」

一九郎は主に、

「その金は、俺が粗相をしたがためにもらったもんだろ。つまりは俺のもんだ。こっちによこせ」

「そりゃひどい。団子理屈もたいがいにしとくなはれ」

「なに？　俺に逆らうってのか。俺をだれだと思ってるんだ。お上から十手、取り縄を預かる高津の……えーと、高津の……」

泥酔のあまりおのれの名前が出てこない一九郎に、その商人が言った。

「――おい、一九郎！」

「そのとおり、俺は一九郎……えーっ、どうして俺の名前を知ってやがるんだ！」

「わしの顔を見忘れたか」

男はぐいと顔面を突き出した。一九郎は蒼白《そうはく》になり、

「し、し、白河屋《しらかわや》の旦那……」

弥次郎兵衛と喜多八も仰天してその人物の顔を二度見した。それは、一九郎が江戸にいた時分にさんざん世話になった生糸問屋白河屋の主、白河屋坊太郎《ぼうたろう》だったのだ。白河屋は顔をしかめ、

「おまえたち、江戸からいなくなったと思ってたら、上方に来て、いまだにこんなことをしているのか。情けない。わしはおまえの親父《おやじ》に顔向けができんよ。馬鹿者だとは思うていたが、これほどの馬鹿とは……ああ、情けない情けない」

一九郎は拳を固めた。それを見た弥次郎兵衛と喜多八は、一九郎が酔った勢いで白河屋を殴りつけるのかと思った。そうなったら止めにはいらないと、と身構えたが、一九郎はその拳でおのれの頭を殴ったあと、急にしゅんとして、白河屋に頭を下げた。

「その節はどうも失礼しやした」

「本気でそう思ってるのか」

「へえ……けど、あのときゃ夜逃げでもしねえとどうにもならねえありさまで……」

「そうかもしれんが、尻ぬぐいはたいへんだったぞ。十手を笠《かさ》に縄張りに住んでる商家なんぞに金をねだるのはまだしも、日本橋《にほんばし》の『文桜堂《ぶんおうどう》』という本屋から借りた本が汚れていたとかケチをつけて店に乗り込み、大金をむしりとったり、吉原《よしわら》の大店《おおだな》の登楼《あがり》を踏み倒したり、芝居の役者に料理屋で喧嘩《けんか》をふっかけて示談金を巻き上げたりしただろう」

「へえ……」

「文桜堂の主は金を払って勘弁してもらったが、吉原を敵に回しちゃ江戸では暮らせない。楼主が、若いものを集めて、おまえを見かけたら路地に引きずり込んで両腕の骨を折っちまえ、と言ってるのを聞いて、わしが楼主に謝ってかたをつけた。芝居のときは、贔屓《ひいき》連中が怒っておまえをぶっ殺すと言い出したのをなんとかなだめたんだが……一番いけなかったのは、家賃の催促をする大家を下駄《げた》で殴って怪我《けが》をさせただろう」

「店賃《たなちん》が溜《た》まってるから払えないなら出ていけって言うんで、ないものはねえんだ、そんなに欲しけりゃこれでも食らえってんで下駄でゴツンと……」

「親も同然の大家にとんでもないことをしたな。わしが一緒に行って謝ってやると言ったら、おまえ、『江戸にだけお天道《てんと》さまは照らねえや』とかなんとか啖呵《たんか》切って飛び出したな。——あれからどうなったか知ってるか？」

「あのあとすぐにこちらに参《めえ》りましたんで……」

「言ってやろうか。大家が、どうでもお上に訴え出ておまえを人別《にんべつ》から抜いちまう、と言い出した。町名主に提出された訴状をわしが取り戻して、袖の下をばらまいて揉《も》み消したんだ」

「えーっ」

「人別から抜かれるというのは無宿になるということだよ。わかってるのか？」

「へえ……」

「わしの手紙は読んだか」

「そ、それが、御用が忙しくってまだ開けてねえんで……」

「馬鹿野郎！　御用繁多なやつが居酒屋でタダ酒を食らってるはずがあるか！　どうせ小言だろうと思って開けなかったのだろう」

一九郎はぎくりとした。

「わしは、近々所用で大坂に行くが、おまえに話があるから会いに来るように、と書いておいたのだ。宿泊先の名前と場所も書き添えておいたのにいつまで経《た》ってもおまえが来ぬゆえしびれを切らしておったところだ」

「なら、ここで会えてよかったわけだ。俺に話ってのはなんです?」

白河屋坊太郎は、やや改まった口調で、

「おまえ……江戸に戻りたくはないか」

「えっ……?」

思いもかけぬ言葉だったので一九郎は絶句した。

「わしがおまえの尻ぬぐいをしているのは、おまえの親父……亡くなった十九郎《とおくろう》親方に昔さんざん世話になったからだ。わしが若いころ、親の決めた縁談を嫌って家内と駆け落ちしたことがあった。勘当されて、裏長屋で貧乏暮らしをしていたとき、家内が病気になってしまった。医者に診《み》せると、ある薬を飲ませると助かる、と言われたが、その薬がとんでもなく高い。あきらめていたわしに、同じ長屋に住んでいた十九郎親方が金を貸してくれた。あとで聞くと、それはカンナやノミやノコギリ、木槌《きづち》……といった商売道具を質入れして作ってくれたもんだった。おかげで家内は命拾いしたが、わしはその金を返すことができぬ。そのうち質草は流れてしまったが、十九郎親方は『気にするな。おめえのかみさんが助かったんだからそれでいいじゃねえか』と言ってくれた」

「親父が死ぬまえに、そんなことを言ってたのを覚えてます」

「それからわしと十九郎親方の深い付き合いが始まったんだ。親方は、腕のいい職人だったが、気が向かないと仕事をしないのでいつもふところはピーピーだった。おかみさんを早く亡くしたんで、貧乏なか男手ひとつでおまえを育てたんだ。わしも親方も若かったから、始終安酒を飲んで馬鹿話をした」

「ああ、そうらしいですねえ」

「親方は、わしの勘当を解いてくれるようわしの親に掛け合ってくれた。最初は、親戚や世間の手前もあるからあんな極道ものを家に入れることはできん、と突っ張っていたわしの親も、十九郎親方が何度も頭を下げて頼むんで根負けして、とうとう勘当を許してくれ、わしはこうして白河屋の跡を継ぐことができたのだ。わしの親父も臨終のときにわしを枕もとに呼んで、『十九郎さんの息子のことを頼むぞ』と言い残して死んだ。わしがおまえを気にかけているのはそういうわけだ」

「へえ……わかってます」

　白河屋のこういう恩着せがましいところが一九郎にはありがたくはあるが鬱陶しく、ついつい敬遠してしまうのだ。

「おまえがしでかした悪さはほとんどわしが帳消しにしてある。おまえさえ帰りたいなら八丁堀《はっちょうぼり》のお役人衆にも話をして、おまえが江戸で十手持ちとして働けるようにだんどりをつけてやる」

「ええっ……！　そりゃああありがてえ！」

「ただし、ひとつだけ条件がある。わしが問題を出す。それをおまえが解決できたら、おまえを江戸に戻してやろうじゃないか」

「本当ですか。どんな問題でも片付けちまいます。さあ、その問題とやらを言っておくんなせえ」

「ここではいかんな。わしは信濃橋《しなのばし》の『錦塊堂《きんかいどう》』という織物問屋の離れに泊まっている。明日、そこに来てもらいたい。――よいな」

「かしこまりました。錦塊堂さんですね。明日かならずうかがいます」

白河屋が帰ったあと、弥次郎兵衛が、

「親分！　なんだか知らねえが俺たちにも運が向いてきましたねえ」

喜多八も、

「これで胸張って江戸に帰れるってもんだ。ああ、これで贅六《ぜえろく》連中ともおさらばできるぜ」

しかし、一九郎はひとり、腕組みをしてなにやら考えていたが、やがて、

「江戸か……」

とつぶやき、うっすらと笑った。

◇

「なかなかええやないか。もうちょっと高い音が吹けるようになったら、つぎはもっと難しい曲をやってみよか」

みくは、かなに言った。今日は篠笛《しのぶえ》の稽古日なのである。さゑ、うめ、すぎの三人は口々に、

「ええなあ、わても難しい曲やりたい」

「わて、高い音出せるで」

「わても」

みくは笑って、

「高い音が出る、ゆうだけではあかんのや。ふらついたり、濁ったりせんと、透き通った音がおんなじ高さで出るようにならんと……」

「うわあ、難しいなあ」

「大丈夫。お稽古したらちゃんとできるようになる。——今日はここまでにしよか。みんな、飴《あめ》一個ずつ取ってや」

四人はみくの取り出した飴を長い時間かけて選び、

「わて、これにしよ」

「今日はわて、白や」

「わては薄荷《はっか》にするわ」

「今日はゴマの気分やねん」

皆、紙に包んで家に持って帰ったりはしない。その場で口に放り込み、舌でろれろれろれろれ……となめ回す。そのときの幸せそうな顔を見るのが、みくは好きだった。そのとき、

「すんまへん……こちらに月面町《つくもまち》のおみく親方というお方がいてはりますやろか」

表から声がした。四人娘は、

「うわあ、師匠、お客さんやでー」

「だれやろか」

「大事件かもしれんなあ」

「師匠、出番や!」

みくは、

「あー、うるさい。ちょっと黙っといて。——あの……みくはうちだすけど、どちらさん?」

入ってきたのは意外にも商家の番頭か手代らしき人物だった。

「横町の甚兵衛《じんべえ》殿というお方から紹介を受けまして参じましてん。うちの主が、おみく親方に折り入ってご相談がございますのやが、お引き受け願えんもんだすやろか」

男はもっちゃりした口調でそう言った。

「どういうことだす？」

男は四人娘の方をちら、と見やったが、みくが、

「この子らやったら大事おまへん。口が堅いことはうちが請け合います。——そやな？」

「堅い堅い」

「めちゃくちゃ堅い」

「石でできてるねん」

「うちのは氷や」

「氷やったら溶けるやないか」

「あ、そうか」

男は苦笑いをして、

「わかりました。ほな、お話しさせていただきます。わては信濃町《しなのまち》で長年商いをさせていただいとります織物問屋、錦塊堂の手代で蛾助《がすけ》と申します。うちの主の相談と申しま

すのは……」

それから蛾助が話した内容にみくはうなずいて、

「たしかにおかしなことだすなあ」

「へえ……無暗《むやみ》にひとを疑うのはよろしくないが、このままにもしておけん。というて、お上に訴え出るにははっきりした証拠もないし、ことが大袈裟《おおげさ》になるのは当家としては避けとうおますのや。主は、近頃評判の謎解き甚兵衛殿という仁に相談したらどないや、と言い出しましたのでわてがお願いに上がったところ、甚兵衛殿はただいまご病気で……」

かどわかしが身体に応えて、寝込んでいるのだ。

「甚兵衛殿のおっしゃるには、そういうことなら、近所に住まうおみく親方という目明しのおひとがうってつけで、事件の中身次第では内々にことを運んでくださる情け深いお方ゆえ、そちらに頼むように……と言われて参上したようなわけで……。縄張り違いではございましょうが、ぜひ親方にご出馬いただき、できるだけ穏便に解決していただけませんでしょうか。もちろんお礼は、錦塊堂の身代に見合っただけのことを十分にさせていただきます」

みくは考え込んだ。かなりややこしそうな案件である。しかし、甚兵衛の紹介とあっては無下に断ることはできかねる。四人娘は無責任に、

「やっちゃえやっちゃえ」

「師匠、引き受けなはれ」

「師匠やったら朝飯まえや」

「師匠が引き受けへんのやったらわてらがやろか?」

みくは蛾助に、

「わかりました。うまいこといくかどうかわかりまへんけど、お引き受けします。けど……ややこしいなあ」

「そうだすか？」

「できるだけ穏便にはしますけど、そうはいかんような事柄が出てきたら、お役人の旦那にも知らせることになります。それはわかっとくなはれ」

「へえ、帰って主にそう申し伝えます。ほな、明日の朝、店に来とくなはりますか」

みくが承知すると、蛾助は帰っていった。四人娘も帰ったあと、ぬいが言った。

「あんたもなかなか人気者やねえ。引っ張りだこやがな」

「そんなことない。甚兵衛のおっちゃんの代わりやもん」

みくは照れたようにそう言った。

二

翌朝、一九郎は信濃町の阿波座堀《あわざぼり》沿いにある錦塊堂の店先に立っていた。錦塊堂は大きな織物問屋で、生糸問屋である白河屋にとって得意先だった。白河屋坊太郎は大口の取り引きのためにみずから江戸から足を運んだのだ。

「いやあ……でけえ店だなあ……」

一九郎はその店構えに圧倒されたが、ここでビビッていては美味い話も進展しない。一九郎は丹田に力を入れて、暖簾《のれん》をくぐった。大勢の視線が自分に刺さるのを感じたが、なかでも帳場に座っている番頭らしき男の眼力がものすごく、なにもかも見透かされているような気分になった。名前と来意を言うと番頭が、

「へえへえ、聞いとります。白河屋の旦さん、離れにお泊りだすさかい、そちらにご案内いたします。——蟻吉《ありきち》、高津の一九郎親方を離れにお連れいたせ」

「へーいー」

まだ十二、三歳ぐらいだろうが、自分よりも背が高い丁稚《でっち》に案内された一九郎は、渡り廊下を通って母屋の奥にある離れに至った。離れには三部屋あって、客間と寝室のあいだに二畳ほどの小部屋がある。客間に入ると、正面に白河屋坊太郎が座っていた。そ

の横にいるのは、おそらくこの店の主、錦塊堂万作《まんさく》だろうと思われた。

「お招きにより参上しました」

白河屋が、

「結構。そこに座ってくれ。じつはもうひとり客が来られるんでな、話はその仁が来てからということにして、茶でも飲んで待っててくれ」

「へえ……」

錦塊堂が、

「そのお方は私がお声がけをしましたのや。白河屋さん、出過ぎた真似《まね》やったかいな」

「いえいえ、知恵者は多いほどよろしい」

事情がよくわからぬ一九郎が渋い茶を飲んでいると、

「お客さま、お見えになられました」

廊下で女子衆《おなごし》の声がして、襖《ふすま》が開いた。

「お、おめえは……」

一九郎は叫んだ。そこに座っていたのはみくだったのだ。

一九郎は白河屋に向き直り、

「こんなやつと一緒たあ、なんの冗談です？　そうだと知ってりゃ来るんじゃなかったよ」

錦塊堂の主も困惑した表情で、

「私は謎解きが得意な甚兵衛さんというお方をお呼びしたつもりだが、あんたはどなたかな？」

みくが、

「旦さん方にはお初にお目にかかります。月面町のみくという目明しでございます。なんでも、謎を解きたい案件があって、錦塊堂の旦さんが甚兵衛のおっちゃんに白羽の矢を立てられたそうだすけど、甚兵衛《じんべ》はんは今、かどわかし……いえ、ちょっとしたごたごたの疲れで寝込んどります。甚兵衛はんが、わしは枕が上がらんさかいおまえが行ってきてくれ、と申しますので代わりに参りましたのやが……一九郎さんがいてはるとは思いませんでした。うちでできることだしたらなんでもさせていただきますけど……」

カチンと来た一九郎は、

「おうおうおう！　おめえ、俺の手柄を横取りしようってのか。おめえにとっちゃただの暇つぶしでも俺にとっちゃあ大変《てえへん》なことなんだよ」

「その『てえへん』なことってなんや？」

「それはその……まあ、いろいろと……とにかくおめえはひっこんでやがれ！」

白河屋が笑って、

「まあ、あなた方にお越しいただいた訳というのをお話ししますが、まずはお菓子でも食べて、ゆっくりしてから……」

一九郎は苛立《いらだ》って、

「菓子なんていらねえよ。早くその問題とやらを教えてもらいましょうか」

「わかった。では、わしが解いてほしい謎というのはな……」

白河屋は立ち上がると、床の間に置いてあったふたつの包みを手にして、みくと一九郎のまえに置いた。包みをほどくと、なかから現れたのは寄木細工がひとつずつだった。大と小があり、大きい方は一辺が一尺（約三十センチ）ほどの立方体で、小さい方は一辺が三寸（約九センチ）ほど。大きさは違うが、どちらも同じ意匠である。

「親父の細工だ……」

一九郎はそう言った。白河屋はうなずいて、

「この大きい方は、わしの親父さま、つまり白河屋の先代がわしのために十九郎親方に作らせたものだ。わしは勘当を許されたあと、それがうれしゅうてがむしゃらに働いた。とにかく一文でも多く儲《もう》けることだけを心掛けた。少しずつ店が大きくなっていき、それが面白いのでまた働く。そんな働きぶりを認められて、店を継ぐことになったときに、先代がわしに贈ってくれた。そのとき、親父さまは『この箱には、商いにおいていちばん大切なものが入っている。いつかこの箱を開けて、それをおまえのものにしろ』……そう言ったんだ。この箱はいわゆるからくり仕掛けになっていてな、容易には開けられ

ぬ。わしは中身が気になって気になって、何度も親父さまに開け方をきいたが答えてはくれず、そのうちに死んでしまった……」

寄木細工は、色や模様が違うさまざまな木片を組み合わせて模様を描いた細工品で、箱根《はこね》などで作られたものが有名である。なかでも秘密箱などと呼ばれるものは、木片を正しい順序どおり引き出したり、ずらしていくことで箱を開けることができる仕掛けがほどこしてあり、動かす順序や向きを間違えると開くことができない。むずかしいものになると百回以上も正しく動かす必要があるという。

「わしは先代の遺言に従い、なんとかこの箱を開けようとした。だが、わしに天の徳がないのか、まだその時期が来ていないのか、まるで開けることができない。江戸や箱根、小田原《おだわら》にいる寄木細工の名人という職人にも頼んでみたが、皆、お手上げなのだ。こんなからくりは見たことがない、とだれもが声を揃《そろ》えて言う。わしはどうしてもこの箱を開けたい。親父さまの言う『商いにおいていちばん大切なもの』とはなにかを知りたいのだ」

錦塊堂の主が大きくうなずいて、

「もっともな話や。私も知りたい」

「今度上方に来るにあたって、わしは大坂に寄木細工の名人がいる、ということを聞いた。天満宮《てんまんぐう》の北側に住んでいる『あざむきの七《しち》』という職人だ。箱根で修業して、今では日本一の寄木細工師と呼ばれているそうだ。わしはこの箱を持って、その男を訪ねた。七も、これが開けられねば日本一の沽券《こけん》にかかわる、と必死で開けようとしたが……」

一九郎が、

「ダメだったんですかい？」

白河屋はうなずいて、

「二刻《ふたとき》（約四時間）ほど格闘したあげく、七は箱を放り出して、『これはもともと開かんようにできてるもんや。作ったやつが冗談《てんご》したのや。どうしても開けたいんやったらな、掛矢《かけや》（大槌）でぶっ叩《たた》いてバラバラにするしかないわ』……そう言った。でも、わしはせっかく親父さまがわしのためにこさえてくれたこの箱、壊したくはない。それに、親父さまは『いつかこの箱を開けて、それをおまえのものにしろ』とわしに言うたのだ。壊せ、とは言わなかった。わしがおまえたちに解いてもらいたい問題というのは、このことだ。この寄木細工を開けてほしいのだ」

しばらくの沈黙のすえ、一九郎が言った。

「そいつぁ無理な相談だ。親父は寄木細工の名人。その名人が作った仕掛け箱だ。同じ名人の『あざむきの七』ですら開けられなかったものをド素人の俺が開けられるわけがねえ。ましてや、おみくなんざ俺よりも寄木細工のことを知るめえ」

みくは、

「そやなあ。まるっきりわからんわ」

「だろう？　白河屋の旦那、これは俺たちの手に負える問題じゃありませんぜ。無理無理。ぜったい無理だ」

「一九郎、おまえが江戸でしでかした数々の悪さ、あたりまえの手柄じゃ帳消しにはできん。ましてや、これはおまえの父親が作った品だ。最初《はな》からあきらめないで、ダメもとでやってみたらどうだ。無理だと思ったらやらずにやめちまうのがおまえの悪い癖だ」

　みくが、

「うちはやります。あかんかったらしゃあないけど、やらんとあきらめるのは嫌や」

　一九郎はみくをにらみつけ、

「なんだと、こんちくしょうめ。寄木細工のこと、なんにもわかってねえおめえになにができるんだ。俺ぁ少なくとも親父の仕事ぶりを近くで見てるんだ」

「ほな、あんたもやったらええやないか。うちに負けるのが怖いんか？」

「なに抜かしやがる！　こと寄木細工のことで俺がおめえに負けるわけがねえ」

　白河屋が、

「もうひとつ言っておく。こちらの小さい方のことだが……これは、大きな方をわしの親父さまに納めるとき、余った木切れで作ったから、と言って一緒に渡したものだそうだ。裏を見てみな。『一九郎へ』と書いてあるだろ？　つまり、こいつはおまえの親父がおまえに託したもんだ」

一九郎は震える手で箱をひっくり返した。たしかにそこには彼の名前が記されていた。

白河屋は、

「どうだ？　わしがおまえにこのふたつの箱を開けさせようとしている訳がわかったか？」

一九郎は眉間に皺《しわ》を寄せてふたつの小箱を見つめた。みくが横から、

「うちはやるんやでー。うちが開けてしもてもええのんかー？」

一九郎はみくをにらみつけ、

「おめえがやるんなら俺もやってやらあ。——白河屋の旦那、やらせていただきやす」

「そいつはよかった。まあ、じっくりと見てもらおうか」

一九郎は大きな箱を手に取った。上部は組木になっているが、その四つの角それぞれに鳥の絵が刻まれている。彩色もほどこされ、よく目立つ。一九郎は鳥の彫りものをそっと撫《な》でた。

（親父の細工だぜ……）

白河屋が、

「わしの親父さまはこれを『鳥の箱』と呼んでおられた」

みくも箱を見た。

「うわあ……いろんな鳥がいてますね。鶴とか……」

白河屋はうなずいて、

「鶴が二羽おるのはすぐにわかるな。あとの二羽は雀《すずめ》のようだが……」

「こっちのは、胴体が黒っぽくて、顔がちょっと白くて、くちばしが黄色いから、ムクドリとちがいますか？」

「おお、言われてみればたしかにムクドリだ。では、こいつはなにかな」

残る一羽を白河屋は指差した。

「頭のうえがぼわぼわ逆立ってるなあ。身体は灰色やけど、頰《ほ》っぺたのところにちょっと赤い色があって、くちばしは黒い。ヒヨドリとちがいますか」

「ははあ、そうだそうだ。これはヒヨドリだ」

一九郎が舌打ちをして、

「ふん……俺だってそのぐれえのことはわかってらあな。鳥がムクドリだろうとカラスだろうとカモだろうとどうでもいい。親父の気まぐれだろうさ」

白河屋はもうひとつの箱を一九郎に示し、

「これも、寸法を縮めてるだけで組木のところも鳥の彫りものもまったくおんなじだ。だから、どちらかの開け方がわかればもうひとつも開くだろうと思う」

「ふーん……」

一九郎は小箱をひねくり回したり、振ったりしたが、なかからはなんの音もしない。

錦塊堂が、

「入っているとしたら、なんやと思うね」

白河屋が、

「うーん、商いにおいていちばん大切なものだというのだから、わしは金だと思う。親父さまは道楽らしい道楽はせず、たまに狂歌や川柳、なぞなぞなんぞの言葉遊びの会に出るのが唯一の道楽という物堅いおひとやった。言ってみれば、金儲けが道楽だったようなお方。そんな親父さまのことだ。どこかに大金を預けてあるか、甕《かめ》に入れた小判を庭に埋《い》けてあるか……そのありかを書いた紙ではないかな。見つけて、商売を大きくするための元手にしろ、というわけだ」

一九郎が、

「だとしたらやりがいがあるねえ。俺の方の箱も金のありかが書いてある紙が入ってるに違《ちげ》えねえ。小さい箱だから金の多寡も小さいかもしれねえが、江戸までの旅費の足しにゃあなるだろう」

みくが、

「あんた、江戸に行くんか？」

一九郎は口ごもり、

「あ、いや……そういうわけじゃねえんだが……もし、行くことがあったら、てえ話よ」

そのあとも四人は、箱の中身についてああでもないこうでもないと話し合ったが、開け方がわからないのでは意味はない。白河屋が、

「日本一の寄木細工師が投げ出した仕掛け箱だ。おまえたちが自分で開けようとしてもそれは無理だろう。これを開けてくれそうなものを上方中探すことだ。上方にいなかったら、西国から東国、日本国中探すんだな。それまで、このふたつの箱はこの離れの床の間に置いておこうと思うが……錦塊堂さん、いかがですかな」

「ああ、かまわんよ。おふたりともお上から十手を預かる身。よもや間違いはあるまい。いつ来てもろうてもいいように店のものには言うておくゆえ、細工箱を見るのは自由だ。ただし、持ち出すことは禁ず。箱を開けられそうなお方を見つけたら、ここに連れてきて離れのなかで開けていただこう」

一九郎とみくは頭を下げた。淡々とした挙動のみくを横目で見て一九郎は、

(この野郎、へらへら笑いやがって……てめえにとっちゃただの御用かもしれねえが、俺にとっちゃ親父の遺言がからんでるうえ、江戸に戻れるかどうかの一大事なんだ。負けるわけにはいかねえぜ……)

一九郎がそう思ったとき、彼の鼻を妙な匂いがかすめた。

「旦那方……間違ってるかもしれませんが、なにやら焦げ臭い匂いがいたしやす。お台所で魚でも焦がしてやしませんかね」

錦塊堂が立ち上がり、あたふたと部屋を出ていった。しばらくすると戻ってきて、

「屑《くず》カゴがくすぶってた。だれかが不精して煙管《きせる》の灰を煙草《たばこ》盆に捨てんと屑カゴに落としよったのやろ。すぐに消したから心配いらん」

みくが、

「近くにだれかいてはりましたか？」

「いや、だれもおらんかった。——まあ、そういうことで、今日のところはお開きゆうことにしよか」

みくが、

「この箱も『お開き』になったらええんやけど……」

白河屋が両手を打って、

「はっはっはっ……上手いことを言う」

一九郎は内心、

（くだらねえダジャレを言いやがって……）

と思ったものの、

（おみくはあなどれねえ相手だ。まごまごしてたら先を越されちまう。こいつぁふんどしを締め直してかからねえと、とんだ大恥を掻《か》くことにもなりかねねえぜ……）

一九郎は、ただちに弥次郎兵衛と喜多八に招集をかけることにした。

◇

しかし、一九郎の思うようにはいかなかった。弥次郎兵衛と喜多八に大坂中を駆け回らせたが、もちろんあざむきの七が音を上げたからくりが解けるものなど容易には見つからない。夜、あめんぼ屋でヤケ酒を飲んでいると、喜多八がやってきた。顔を見ただけで、首尾は悪いとわかった。

「親分、大坂にゃあ七以上の寄木細工の名人はいねえようです」

「そうだろうな。まあ、仕方がねえ。コツコツ当たってくれ」

「こりゃあいっそのこと箱根を捜した方が早くありませんか」

「うーん……」

唸《うな》りながら一九郎は喜多八の湯呑みにちろりから酒を注《つ》いだ。そのあとに顔を見せた弥次郎兵衛は、

「親分、耳よりの噂を仕込んでめえりやした。大坂にゃあ七より腕のいい細工師はいねえが、京都にひとり、仰天箱の甚内《じんない》という男がいるそうです。天子さまに寄木細工の箱

を献上したとかしなかったとか……」

「なるほど。すまねえがおめえ、明日の朝一番で京都に行って、その甚内ってやつを訪ねてくれ。『鳥の箱』の話をして、上手く開けられたら金をやるからって、大坂まで引っ張ってこい。わかったな」

そう言って一九郎は弥次郎兵衛に当座の旅費と小遣いを渡すと喜多八に、

「斧寺の旦那の話だと、寄木細工じゃあねえんだが、堺《さかい》に『文殊《もんじゅ》の晩史郎《ばんしろう》』ってやつがいて、この男が九連環の大名人だそうだ」

九連環というのは、唐《もろこし》から伝来したいわゆる「知恵の輪」である。

「秘密箱も九連環も似たようなもんだろ。そいつなら『鳥の箱』だって開けられるんじゃねえかと思う。――喜多八、おめえ、すまねえが明日、堺に行ってくれるか」

「へえ。――親分はどうなさるんで」

「俺はどうもあのおみくのことが気になって仕方ねえんだ」

「岡惚《おかぼ》れっていうやつですかい？」

「ば、馬鹿言いやがれ！　今日、俺は朝から何度も錦塊堂に出入りしたが、あいつはあの離れから動かなかった。おみくの野郎が俺を出し抜いて、箱を開けちまったらコトだ。だから、あいつの動きを見張っていようと思うのさ」

そう言って一九郎は酒をあおりつけたが、その酒は少しも美味くなかった。

三

翌日、一九郎は朝から錦塊堂の離れの客間に鎮座し、「鳥の箱」を眺めていた。焦りと苛立ちが募ってはいたが、今はふたりの下っ引きの報告を待つより仕方がない。さすがに酒を飲むというわけにもいかず、何度も茶を飲んでいるので腹はだぶだぶだった。

みくも錦塊堂に来てはいるのだが、店の周囲をうろついたり、帳場や蔵、庭などあちこちを見て回っているだけで、離れには現れない。喜六《きろく》と清八《せいはち》がやってくる気配もない。

(あいつ……なにやってやがるんだ。もしかしたらなにか箱を開ける上手《うめ》えやり口が見つかって、その首尾を待ってるんじゃあるめえな……)

夕方ごろ、喜多八が堺で文殊の晩史郎という九連環の名人という男を見つけ、錦塊堂に連れてきた。しかし、晩史郎は箱をひと目見るなり、

「ああ、これはわしのテコに合わんわ」

「どういうこった?」

「わしは知恵の輪専門でな、知恵の輪やったらどんなむずかしいもんでも外す自信があるが、箱のことは門外漢や。簡単なやつやったら開けられるかも、と思うて来てみたが、これはかなりむずかしい代物や。すまんがほかのもんに頼んでくれ。——箱もののこと

はよう知らんけど、天満《てんま》にあざむきの七とかいう職人がおるらしいで」

「そいつには開けられなかったのさ。ほかにだれか知らねえか？」

「たしか京に仰天箱の甚内とかいう名人がいると聞いたが……」

そっちはもう手配済みなのだ。一九郎と喜多八は肩を落とした。晩史郎はたっぷり小遣いをもらい、上機嫌で帰っていった。一九郎と喜多八も、錦塊堂で晩飯を食べさせてもらってから帰宅した。

つぎの日の朝、京から三十石の夜船で戻ってきた弥次郎兵衛が一九郎の家にやってきた。

「どうだった？」

一九郎は弥次郎兵衛の胸ぐらをつかむほどの勢いできいた。

「いや、もうてえへんでした。慣れねえ京の町をあっちでたずねこっちでたずね……ようよう探り当てた甚内の家だが……」

「ええい、じれってえ。どうなったか早く言わねえか！」

「甚内は先月、流行《はや》り病でおっ死《ち》んでました。跡を継ぐものもいねえらしい。骨折り損のくたびれ儲けってやつで……」

一九郎はため息をついた。弥次郎兵衛に、

「わかった。朝飯食ったら今日は昼まで寝てろ。そのあと学者を当たれ。秘密箱の技は異国から伝わったもんだそうだ。大坂にゃ蘭学《らんがく》に詳しい町人の学者が多いらしいから、そいつらをたずねて、異国の書物に開け方が載ってねえかどうかきいて回れ」

「ようがす。親分は……？」

「俺は夕方、寄席《よせ》が開いたら手妻《てづま》使いを片っ端からたずねるつもりだ」

「なるほど、そう言やああいつらは縄抜けとかいった術を使いやがる」

「蒸籠《せいろ》といって、なにも入ってねえ箱からいろんなものを取り出す芸もある。なにか知ってるかもしれねえ」

弥次郎兵衛は欠伸《あくび》をしながら帰っていった。

一九郎はあちらこちらの寄席を回って手妻師をたずね、半ば脅すようにして話をきいたが、皆一様に、

「自分たちの使っている仕掛けは寄木細工などとは関係がない」

と言い張るうえ、

「手妻の種を明かすわけにはいかない」

と言ってなにも教えてはくれなかった。結局、最後に行った長浜町《ながはまちょう》の寄席を出たのは亥《い》の刻（夜十時ごろ）を過ぎていた。飯を食う暇がなかったので、空腹で倒れそうだった。屋台のうどんでも食べて家に戻るつもりだったが、長浜町と信濃町は目と鼻の先である。一九郎は錦塊堂を訪れる気になった。もう主人一家も奉公人たちも寝ているだ

ろうから、彼らを起こすつもりはなかった。ただ、店になにごともない……それだけをたしかめてから帰ろうと思ったのだ。

敷津橋《しきつばし》のうえは木枯しがきつい。肩をすぼめてとぼとぼ歩いていると、錦塊堂が見えてきた。

（おや……？）

一九郎は立ち止まった。店の右側の塀のうえにだれかがうずくまっているような気がしたのだ。提灯《ちょうちん》を差し出すと、その明かりに気づいたのか、「だれか」はいきなり塀から路地へと飛び降り、反対の方角へと駆け出した。「だれか」が小脇に抱えている包みの柄に見覚えがあった。

（「鳥の箱」だ……！）

一九郎は、

「待ちゃあがれ！」

と叫びながらあとを追った。海部堀《かいふぼり》に沿って北へ折れたあたりで、一九郎はその曲者《くせもの》の姿を見失ってしまった。

（しまった……）

あわててその界隈《かいわい》を捜したが、怪しい人物の姿は見あたらなかった。

（こいつはえれえことになった……）

蒼《あお》ざめた一九郎は錦塊堂へと戻り、その大戸を叩いた。追ってくる足音は聞こえない。

◇

みくは京町堀《きょうまちぼり》に出ると、浜に下り、草むらに飛び込んだ。

(もう大丈夫やろ……)

みくは抱えていた包みをほどき、「鳥の箱」を取り出した。時刻も遅い。このあたりならひと通りもなく、聞いているものもいないだろう。だが、急がなければならない。

十手笛を構え、「妖星《ようせい》」を吹く。ほどなく垣内光左衛門《かきうちひかりざえもん》がぶすっとした顔で横に立った。

「ここはどこだ。まわりは雑草ばかりではないか。やぶ蚊が多そうだ」

「今は冬やさかいやぶ蚊はおらん。文句言うてんと手伝《てつど》うて」

「なにを手伝えというのだ」

みくは早口に説明した。

「あんた、二百数えるあいだしかおられへんのやから、早《はよ》うして!」

「わかったわかった。また酒もなくタダ働きか」

「うちはあんたの雇い主やないで。五分五分の間柄や」

「なにが五分五分だ。——待っておれよ」

そう言ったかと思うと、垣内光左衛門の身体は細かい光の粒子に分解され、箱のなかに吸い込まれていった。みくは固唾《かたず》を飲んで「鳥の箱」を見つめていた。しばらくして、

「なるほど……うーむ、そういうことか」

その声は箱のなかから聞こえてくるのだ。

「なんぞわかったか？」

みくは声をかけたが返事はなく、

「そうかそうか、そういうことか。これはよくできている。たしかに名人の作だな」

独り言が続く。みくは気が気ではない。

「ごちゃごちゃ言うてるあいだに解き方考えてや」

やがて、箱の八方からきらきらした砂金のようなものが噴き出し、みくの目のまえでひとかたまりになった。光左衛門は首をコキコキ鳴らして、

「なかは狭かった。肩が凝ったぞ」

「そんなことはどうでもええねん。箱の開け方は……」

「あわてるな。これを見よ」

光左衛門はふところから一巻の巻ものを取り出し、その場に広げた。なかは白紙だった。光左衛門は筆を持ったが、

「少し暗いな」

そう言うと、筆の先端がぼんやりと輝いた。その光を助けに光左衛門は文章を書き出した。目にもとまらぬようなすさまじい速さだった。みるみるうちに巻ものは文字で埋まっていった。いくら書いても墨が薄れることはなかった。しかも、その文字が美しいのだ。

みくはあまりの早書きに見とれていたが、

「できたぞ！」

光左衛門はにやりと笑って筆を置いた。

「な、なんやねん、これ」

「この箱を開けるための手順だ。二百十三手ある。このとおりにやらぬと開かぬ」

「ふえーっ」

「ただし……」

光左衛門はなにやらみくにささやいた。

「ほんまかいな！」

「私がこの目で見たことだ」

みくはうなずき、

「おおきにおおきに。今回は大活躍やなあ。お酒は今度、たっぷり支度しとくわ」

「ふん、どうだか……」

そう言うと光左衛門は頬を平手でぴしゃりと叩き、

「おい！　冬でもやぶ蚊がいたぞ！　刺されてしまった！　どうしてくれる！」

そんなことをわめきながら光左衛門の姿は消えていった。みくは「鳥の箱」を包み直すと、

「開け方がわかったのはええけど、白河屋と一九郎が納得するかどうかやな……」

そうつぶやき、包みを持って歩き出した。

◇

「こんな夜中になんの騒ぎや……」

「盗人《ぬすっと》か？」

「ボヤとちがうか」

丁稚や手代がぞろぞろと土間に下りてきた。一九郎が、

「てえへんだてえへんだ！」

と戸を叩いて騒いだので、店一同が目を覚ましたのだ。皆の後ろから番頭が、

「一九郎さんやないか。なにがあったんや」

「えれえこってす！　例の寄木細工が盗まれました！」

「はあ……？　あんた、頭はたしかか？　あの箱は離れに置いてあるのやろ。あんた、

店の外にいて、なんであれが盗まれたてわかるのや」

「それが、あの包みを抱えた盗人がこちらの塀を乗り越えて路地に下りたのを見たんでさあ。追いかけたんですが、海部堀沿いに北に上がったあたりで見失っちまった。それであわててそのことをお知らせにあがったてえわけで……」

「ふーん……そうかいな」

そのとき、奥から白河屋坊太郎が寝間着姿で現れた。一九郎の話を聞いて首を傾《かし》げ、

「おかしいな。わしは寝所で眠ってたが、なんの物音もしなかったぞ」

「客間の音が寝室まで聞こえなかったんじゃねえですか？　それとも、盗人が入っても気づかねえぐらい白河《しらかわ》夜船《よふね》だったとか……」

坊太郎の後ろから顔を出したのはみくだった。一九郎が、

「どうしておめえがいるんだよ」

「今日はなにかありそうな予感がして、ずっと離れに張りついてたのや」

白河屋、錦塊堂、番頭、一九郎、みくの五人は渡り廊下を通って離れへ向かった。先頭に立って客間に入った番頭が手燭《てしょく》を掲げたとき、白河屋が声をあげた。

「なんだ、あるじゃないか！」

床の間にはふたつの包みが並んでいる。一九郎は何度も目をこすってみたが、たしかに包みはふたつある。

「そ、そんなはずは……」

一九郎は包みに駆け寄り、ほどいてみたが、なかにあったのはやはり「鳥の箱」だった。白河屋が、

「いいかげんにしろよ、一九郎。こんな夜中に大騒ぎして……錦塊堂さんに迷惑じゃないか」

「いや……でも……その……」

錦塊堂は欠伸を嚙《か》み殺しながら、

「どうやらあんたの早とちりやったみたいやなあ。以後は気ぃつけてや。丁稚やらみんな、朝が早いのやさかい……」

「す、すみません……」

白河屋が、

「こんな体《てい》たらくでは、とても箱を開けるどころじゃあないな。もう少しましな目明しになってると思っていたが、いやはや……。とにかく今日は帰りなさい」

「へえ……」

へこへこと頭を下げながら一九郎は離れをあとにした。店に出ると、叩き起こされた丁稚や手代たちの白い視線を浴びる。

(本当なんだ。俺は見たんだ！)

そう叫びたいのを耐え、一九郎は店をでた。背後でくぐり戸が閉まる音がした。白河屋の「帰りなさい」という言葉が頭のなかでこだましたが、一九郎は錦塊堂の周囲を歩き回った。くやしくてとても帰る気にはなれないのだ。

「一九郎さん……」

声がしたのでそちらを向くと、みくが立っていた。

「なんでえ、俺を馬鹿にしに来たのか？　かまやしねえぜ。今の俺はそうされて当然だ。いくらでも馬鹿にしねえな」

「そやない。うち、『鳥の箱』の開け方、わかったで」

「な、なにい！」

一九郎は尻餅をつきそうになるほど仰天した。

「からかってるんじゃねえだろうな」

「ほんまにわかったんや。もっとも、うちが思いついたんやのうて、ひとに教えてもろたんやけどな」

みくは巻ものを取り出し、一九郎に手渡した。

「なんだ、こりゃあ」

「箱の開け方の手順を書いたある巻ものや。二百十三手ある」

「やっぱり俺をなぶってやがるな」

「嘘《うそ》やないって。なかを読んでみ」

その巻ものを広げた一九郎の顔つきが変わった。

「こ、これは……」

そう言うと、あとは無言で食い入るように巻ものに見入っていたが、

「どこでこれを……」

「知り合いの公卿《くぎよう》さん……みたいなひとにきいたんや。たしかに名人の作や、てあんたのお父さんのことほめてたで」

「そうかい。つまりおめえは俺に勝ったってことだな。そりゃあさぞうれしかろうぜ」

「そのことやけどな……この巻もの、あんたにあげるわ」

「なんだと……？」

「うちは箱の開け方がわからんでもええねん。もともとそういうつもりやないから……」

「ちょっと待て」

「え……？」

「おめえ、どこまで俺をコケにしたら気がすむんだ」

「うちはそういうつもりは……」

「俺が、おめえみてえなガキに恩を売られて、はいそうですかとありがたがると思ったらお門違えだぜ」

「そんなことは思とらん。でも、うちはあんたが江戸に帰りたいのとちがうかと……」

「そりゃあそのとおりだ。けどな、俺も江戸ではちっとは知られていた目明しだ。上方の田舎《いなか》目明しに情けを受けるほど落ちぶれちゃあいねえ」

そう言うと一九郎はみくに巻ものを返した。

「ほんまにいらんのやな」

「いらねえ」

「そうか……」

みくが立ち去るのを見て、一九郎はため息をついた。

（人生、なかなかうまくいかねえもんだ……）

そのとき、一九郎は焦げたような匂いを鼻先に感じた。彼は舌打ちをして、

（ちっ……どうせまた俺の早とちりだろう。また騒ぎ立てて、これ以上無様な真似を晒《さら》すわけにゃあいかねえや……）

一九郎は行き過ぎようとしたが、ふと見上げると、白い煙が塀の内側から吹き上がっているのに気が付いた。離れのあるあたりである。

「いっけねえ……！」

一九郎は裏口を開けようとしたが、錠が下りていて開かない。彼は戸に何度も体当たりを繰り返した。七度目でやっと錠が吹っ飛び、戸が開いた。裏庭に入ると離れから白

煙と黒煙がからみあいながら空に向かって伸び、その下から真っ赤な炎が噴き出している。一九郎は離れの障子を押し倒してなかに飛び込み、真っ先に奥の寝所を目指した。白河屋坊太郎を見つけると、背中に負い、

「うりゃうりゃうりゃうりゃーっ！」

叫びながら庭へと飛び降りた。息も絶えだえの白河屋を地面に下ろすと、白河屋が、

「一九郎、よく来てくれた。おかげで命拾いした」

と礼を言おうとしているのを制して、

「まだ用事があるんでさあ」

そう言うと、ふたたび炎のなかに踏み込んでいった。

「な、なにをするのや！」

悲鳴を上げた白河屋の目のまえで離れの建物は崩れ落ちた。

「ああ、一九郎が……」

そのとき、火の海のなかからふたつの包みを手にした一九郎がよろめきながら現れた。一九郎は包みを白河屋に渡すと、その場にうつぶせに倒れた。集まっていた店のものたちが手桶《ておけ》に水を汲《く》んで一九郎に何度もぶっかけた。近所からもひとが駆けつけ、海部堀の水をお手繰りで運んで離れにかけたので、火事はすぐに鎮火した。母屋や近所への類焼もなかった。

（なんや……すぐに消されてしもたな。しょうもな……）

真っ黒に焦げ付いて炭と化した離れの建物を見ながら、彼はそんなことを思っていた。

（もっぺん付け火したろか。びっくりしよるやろな。火の消えたはずの場所からまた火事が起きる、ゆうのも洒落《しやれ》てるやないか……）

残骸のまえにしゃがんで、火入れをふところから取り出し、ふたたび火を付けようとしたとき、

◇

「あんた、なにしてんのや！」

鋭い声が飛んだ。びくっとして彼は立ち上がる。背の高い丁稚だった。

「たしか蟻吉やったな。あんたの仕業やったんやな」

「なんのことだっしゃろ。わてはちょっとおしっこがしとうて起きたんだすけど、お便所に行くのがめんどくさいさかい、行儀悪いけど庭でしたろ、と思て……」

「ほな、その手に持ってるものはなんやねん？」

「え……」

蟻吉はそれを隠そうとしたが、みくは飛び込みざま十手笛で火入れを叩き落とした。逃げようとした蟻吉の襟もとをつかみ、後ろに引き倒した。

「すんまへん、すんまへん、ほんの出来心だす。離れが燃えてるのを見て、ちょっと悪戯《いたずら》しよかと思ただけだすのや。堪忍しとくなはれ」

「嘘つけ。うちはこの店の旦さんに、近頃、店のなかでしょっちゅうボヤがあって、店のものの仕業やないかと思うけど、奉公人から縄付きを出すのも世間体が悪いさかい、こっそり調べてもらえんか、と頼まれたのや。やっと捕まえられた。離れに火ぃつけたのもあんたやろ」

　蟻吉はニタッと笑い、

「そや。だいぶまえ、庭で落ち葉を集めて焚《た》き火してたとき、火のついた葉っぱが風でふわーっと舞って、それが落ちた炭小屋が火事になったことがあった。火がみるみる大きくなるのが楽しいし、皆があわてふためくのもおもろいし、そのあとちょいちょい付け火をするようになったのや。――おまえの着物にも火ぃつけたろか」

「アホか」

　みくは十手笛を脳天に軽く振り下ろした。蟻吉は目を回して倒れた。

◇

「近頃、蔵やら厠《かわや》やら台所やら行灯《あんどん》部屋やら、店のなかのいろんな場所でボヤが相次いでな……すぐに消し止められるぐらいの小さな火事なんやけど、失火にしては数が多すぎる。あんまりことを荒立てたくはないさかい、評判の謎解き甚兵衛というお方に相談してみたら、おみく親方をご紹介いただいたのや」

錦塊堂万作が一九郎にそう言った。母屋の居間に集まった顔ぶれは、錦塊堂万作、白河屋坊太郎、みく、そして、一九郎だった。火傷《やけど》を負った一九郎はあちこちに包帯を巻いている。

「てえことは、錦塊堂の旦那は、おみくのことはとうにご存じだったんでやすかい。はじめて会ったようなそぶりだったのは、あれは……」

「ふっふっ……芝居や。上手いもんやったやろ。おみく親方にわしが頼んでたのは、箱の開け方やのうて、火付けの下手人を見つけることやったのや」

「じゃあ、『鳥の箱』の開け方を俺とおみくに競わせたのは……」

白河屋が、

「そう思わせておいた方が、おまえも張り合いが出て、真剣に謎に取り組んでくれると思ってな、わしがそうしたのだ」

一九郎はじっと下を向いていたが、

「こんな情けねえことはねえ。俺ぁなにも知らされねえまま、結局、火付けしたやつも召し捕れず、箱の開け方もわからず、親父の期待にゃ応えられなかった。とんだ道化方《どうけがた》ってわけだ」

「それはちがうぞ、一九郎」

白河屋が言った。

「おまえはわしを火のなかから救うてくれた。そして、形見の細工箱を火傷を負ってまで持ち出した。立派な行いだったではないか。わしは、おまえを見直した。箱の開け方はわからずとも、十分わしの期待に応えてくれた」

「そうは思えねえ。旦那が俺に出した問題はこの寄木細工を壊さずに開ける方法を見つけろってことだったが、俺にはさっぱりだったからね」

それまで黙って聞いていたみくが、

「なにを言うとんねん。謙遜するのもいいかげんにしいや。――白河屋の旦さん、錦塊屋の旦さん、一九郎さんはちゃんと箱の開け方を見つけましたんや」

「なんだと？」

白河屋は大声を出した。一九郎は、

「おめえ、なに言ってやがる。俺はな……」

みくは一九郎の太ももを思い切りひねり上げた。

「ぎゃひーん！」

みくは続けた。

「けど、自分で見つけたわけやない。江戸から持ってきたお父さんの遺品のなかに、巻ものがあって、どうせしょうもない落書きやろ、と思って開けたことなかったのを昨日たまたま見たら、箱の開け方が書いてあったらしい。な、そやな、一九郎さん」

「冗談言っちゃいけねえ。俺はそんな……」

みくは肘で一九郎の鳩尾《みぞおち》を思い切り突いた。

「ぎゃおーん！」

「ほら、旦那方、これがその巻ものでおます。うちは火事が起こるちょっとまえに見せてもろてたとこですのや」

そう言ってみくは巻ものを白河屋に手渡した。それを広げた白河屋は、

「なるほど、開け方の手順らしきものが書いてあるな！」

声をはずませて中身に目を通した。

「全部で二百十三手あるそうだす」

「よし……すぐにやってみよう」

白河屋は「鳥の箱」を出してきて、書かれたとおりの手順で組木を押したり引いたりしはじめた。一九郎がみくに小声で、

「おめえ、なに考えてんだ。この手柄はおめえの手柄もんじゃねえか。俺はおめえに手柄をめぐんでもらおうなんざ……痛てえっ！」

みくが一九郎の脛《すね》を十手笛で叩いたのだ。一九郎は涙をこぼしながら、

「ちったあ手加減しろよ、この野郎！」

「ぎゃんぎゃん言うな。今はこの箱が開くかどうか……その方が大事やろ。黙って見てよやないか。あんたも中身、気になるやろ」

「わ、わかったよ」

ふたりがやりとりしているあいだも、白河屋坊太郎は慎重に一手ずつ組木を動かしている。そして、かなりの時間が経ったころ、

「あ、開いた……」

カタン、という音がして、蓋が開いた。皆の口から「おお……」というため息が漏れた。白河屋が、

「いいな、開けるぞ……」

四羽の鳥が刻まれた蓋が外された。そして、中身は……。

「な、なんじゃこれ！」

白河屋の悲鳴のような声に錦塊堂万作が、

「なにが入ってたのや」

「空《から》だ」

「空？」

白河屋は皆に箱の中身を見せた。なかにはなにも入っていなかった。白河屋が憤然と

して、

「どういうことだ。親父さまは、わしをたぶらかしたのか！　空ならこれほど騒ぎ立てて開けることはなかった。馬鹿馬鹿しい……！」

錦塊堂が笑って、

「まあ、怒りなはんな。『商いにおいていちばん大切なもの』が空っぽやということは、そんなものはない……これさえ押さえておけば商いは上手いことといく、という秘訣《ひけつ》みたいなものはこの世にない、ゆう意味かもしれまへんで」

「うーん……親父さまもひとが悪い。そんなことなら面と向かって言うてくれたらよかったのに……」

「先代は狂歌や川柳、言葉遊びなんかが好きやったそうやから、ちょっとひねったつもりなのかもしれんなあ」

そう言いながら錦塊堂はなにげなく蓋を裏返した。そこには筆で「り」と書かれていた。首を傾げて錦塊堂はその蓋を白河屋に手渡した。

「なんじゃこれは」

白河屋は、顔をしかめて蓋を投げ捨てた。

「どうやら親父さまと十九郎親方にかつがれたようですな。しばらくのあいだだけでも一攫《いっかく》千金の夢を見せてもらったわい」

一九郎は蓋を拾い上げてひねくっていたが、

「あっ……」

と叫んだまま固まった。

「も、もしかしたら……」

白河屋が、

「もういいんだ、一九郎。この箱はわしが江戸に持って帰る。おまえにはこの小さい方をやるから大事に……」

「いや、ちょっと待ってくだせえ。思いついたことがあるんだ。言ってもようがすか」

「かまわんよ。どうせくだらん思いつきだろうが……」

一九郎は咳払《せきばら》いして、

「この蓋に彫られてる鳥が、鶴二羽とムクドリ、ヒヨドリだとすると……」

「なんだ、早く言え」

「鶴を『かく』と読み、ムクとヒヨ……かくにむくひよ、じゃねえかと」

白河屋が、

「かくにむくひよ……かくにむくひよ……客に報いよ、か！」

「旦那は今、『り』と書いた蓋を捨てなすった。だから、『利を捨てて、客に報いよ』ってことじゃありませんかね」

ハッとしたような白河屋に錦塊堂が、

「そうかもしれんなあ。白河屋さん、あんたは先代のあとを継いだとき、一文でも多く儲けようとがむしゃらに働いたそうやが、先代はそんなあんたを頼もしく思う反面、客のことを忘れたらあかん、ある程度店が大きくなったら利を捨てて客に報いるのも大事や……そんなことを伝えたかったのかもわからんな」

「それが親父さまの教えに違いない。箱の中身にばかり気を取られてたが、蓋の方に意味があったのやな……」

白河屋坊太郎はため息をつくと、

「今後はおのれの店の利だけやなしに、客を大切にしていこうと思う。『鳥の箱』をうちの家宝にして、『利を捨てて、客に報いよ』という言葉をうちの家訓にします」

みくが一九郎に、

「あんたがもろた小さい方の箱も開けてみたらどない？」

一九郎は無言で小さい箱を手にした。同じように四羽の鳥が刻まれている。一九郎は巻ものを見ながら、組木を動かした。そして、「鳥の箱」と同じく二百十三手を経て、コトン……という小さな音とともに蓋が開いた。なかが空っぽなのも「鳥の箱」と同じだ。一九郎は蓋をひっくり返した。そこには、

十手は重いか

と書かれていた。一九郎は涙を流し、

「親父の手（筆跡）だ……」

そうつぶやいた。白河屋は、

「さあ、一九郎……江戸に帰ろうか。ふたりの手下《てか》も一緒でよいぞ。向こうのお役人衆にはわしが口を利いてやる」

「さっきも申しましたが、俺は箱を開けることができなかった。帰ることはできませんん」

「いや、火事のときのおまえの働きは、箱の謎を解くよりもずっと大きな手柄だし、四羽の鳥の絵解きをしたのは箱を開けたも同然だ。胸を張って江戸に戻るがいい」

みくが、

「そうしい、そうしい。あんたにはやっぱり上方より江戸の水の方が合《お》うてるわ」

一九郎はなにかをみくに言おうとしたが、口を閉じ、しばらく黙ったあと、

「おい、おみく……」

「なんや」

「俺も、江戸の方が自分に向いてるとは思う。大坂みてえに野暮な田舎で贅六連中に囲

まれて暮らすのは俺の柄じゃねえ」

「そやろ。せやさかい……」

「けど……俺は帰らねえ」

「えっ……」

「当分、こっちでがんばらあ。――旦那、そういうことなんで……」

一九郎は白河屋に頭を下げた。

「本気で言ってるのか？」

「へえ、本気も本気、短気で呑気《のんき》……町人に二言はありません」

「そうか……。おまえがそういう覚悟なら無理強いはせん。しっかりやりなさい」

「へえ……」

みくと一九郎は並んで錦塊堂を出た。一九郎が、

「いいのか？　あの巻もののことはおめえの手柄だろう。俺が横取りしちまったみてえで気がひけるぜ」

「なに言うとんねん。うちの手柄は、火付けを召し捕ったことで十分や。あんたこそ、江戸に帰らんでええんか？　強がり言うてるのとちがうか？」

「うるせえやい！　そのうち大坂の町中がひっくり返るような大手柄を立てて、子分の三十人も連れて東下《あずまくだ》りと洒落込むつもりだ。そのときゃおめえと喜六、清八もお供に

加えてやるからありがたく思いやがれ」

一九郎はそう言うと、駆け足で敷津橋を渡っていった。その後ろ姿を見送りながらみくは、「十手は重いか」という問いかけは自分にも向けられているように感じた。

（重いなあ……）

みくは十手笛をそっと叩いた。

（つづく）

左記の資料を参考にさせていただきました。著者・編者・出版元に御礼申し上げます。

『大阪の町名―大阪三郷から東西南北四区へ―』大阪町名研究会編（清文堂出版）
『歴史読本 昭和五十一年七月号 特集 江戸大坂捕り物百科』（新人物往来社）
『近世風俗志（守貞謾稿）（一）』喜田川守貞著 宇佐美英機校訂（岩波書店）
『中公新書2079 武士の町 大坂』藪田貫著（中央公論新社）
『新修大阪市史 史料編 第7巻 近世Ⅱ政治2』大阪市史編纂所・大阪市史料調査会編（大阪市）
『日本音楽がわかる本』千葉優子（音楽之友社）
『やさしく学べる篠笛教本 入門編』鯉沼廣行編（全音楽譜出版社）

解説――読書の時間には飴玉をひとつ

早花まこ

小さな演奏会で、篠笛《しのぶえ》のソロ演奏を聴いたことがある。

近年は、祭囃子《まつりばやし》の他ではなかなか篠笛の音を耳にする機会はない。その演奏会で、篠笛とは賑《にぎ》やかなお囃子だけではなく、物静かな調べから洋楽のメロディまで幅広い音楽を演奏できる楽器だと知った。

私が在籍していた宝塚《たからづか》歌劇団の日本物のお芝居でも、洋楽の他に、篠笛をはじめとする和楽器の音色が使われていた。琴、三味線、笛の音が流れると、舞台セットのお座敷にも松が描かれた背景幕にも、しっくりと馴染《なじ》む。町娘や芸妓《げいこ》の扮装《ふんそう》をして舞台袖で出番を待っている時、風情ある和の楽曲に耳を傾け、すうっと舞台の世界に引き込まれていったのを思い出す。

篠笛は、見た目が華やかな楽器ではない。だが、素朴な細い篠竹から生まれる音は、はっとするほど高らかだ。まるで遠くにいる誰かの呼び声のような、凜《りん》とした笛の音色が先へ先へと導いてくれる物語に出会った。

物語の主人公は、おみくちゃん。篠笛を吹きながら歌って踊る飴《あめ》売《う》り娘だが、もうひとつの顔は、大坂の町の平和を守る目明《めあか》しなのだ。「女の十手持ちなんか聞いたことないわ」と人々に驚かれながらも、事件の小さな火種を次々に見つけ出す。絶体絶命の苦境に追い込まれても、持ち前の明るさと、目明しとしての使命感、大胆な行動力で事件を解決していく。

　町に潜む悪行は様々で、彼女の任務はいつも危険と隣り合っている。しかし、おみくちゃんも手下《てか》たちも、悪事を働く当人でさえ、なんともいえない愛嬌《あいきよう》を漂わせている。みんな、どこか抜けているのだ。

　その中の一人である甚兵衛《じんべえ》の言葉には、くすりと笑ってしまった。

〈「なんかこう派手でパーッとしてるけど中身はたいしたことのない事件が起きて、それをわしがずばり解決といきたいところや」〉

　そうそう、そうなんですよ、甚兵衛さん！　誰しも甚兵衛さんと同じ「良《い》いとこ取り」がしたい。けれども、目明しの仕事はそうはいかない。一見平和そのものの町の隅々にまで目を凝らして知恵を巡らせ、時には屈強な男と大立ち回りを繰り広げる。私なら手を挙げてタクシーをつかまえたいほどの距離を、おみくちゃんたちは当然自らの足で走って行く。

ある時は大急ぎで奉行所をめざし、ある時は喜六《きろく》を連れて賑《にぎ》やかに、通りから橋へ、四つ角からうどん屋へ。素早く流れていく景色の中に、大坂の町並みといきいきとした町人らの姿を見ることができる。

月面町《つくもまち》の長屋、物売りが行き交う高麗橋《こうらいばし》、堂島川《どうじまがわ》近くの蔵屋敷街。谷町筋《たにまちすじ》や信濃町《しなのまち》など、大阪を知る人なら現代でも馴染みの深い名前もたくさん登場する。私の知っている場所をおみくちゃんたちが駆け抜けるシーンでは、彼女たちと行動を共にしているような気分になった。昔々の物語の風景が、ぐっとこちらに近づいてくる。

長屋でおみくちゃんと生活しているのは、母親のぬいさん。娘のことをいつも気にかけ、静かな優しさで包み込む人である。柔和な雰囲気を持つ一方で勘は鋭く、おみくちゃんが困難に直面するとしばしば、母の呟《つぶや》く一言が大きなヒントとなる。

通り雨に降られて早くに帰宅したおみくちゃんは、持ち帰ったお弁当をぬいさんと一緒に食べる。

〈「おかんと弁当食べるゆうのも変な感じやな」「そやねえ。お花見に行ったたつもりになったらええのとちがう?」〉

何気ない会話の中に、母娘《ははこ》が積み重ねてきた時間のぬくもりが感じられて微笑《ほほえ》ましい。

家計を支えるため駆けずり回って飴を売り、目明しの仕事場では勝気に振る舞うおみくちゃんも、ぬいさんと向かい合うとたちまち娘の顔になる。お弁当箱を開ける彼女の笑顔にはきっと、同心や手下には見せない少しのあどけなさが浮かんでいるのではないか。

そして、二人が食べる握り飯はこんなふうに描写されている。
〈醤油《しょうゆ》に浸した鰹節《かつおぶし》を混ぜ込んであり、食べると香ばしい出汁《だし》の味が舌に残る。大根の漬けものと梅干、塩昆布が添えられている〉

思わず唾を飲み込み、「よし、明日のお昼ご飯はこれに決まりだ」と思ったのは、私だけではないはずだ。握り飯の他にも味噌汁《みそしる》やお茶漬けなど、当時の大坂の人たちが口にしていた食事が作中に登場するのが楽しい。裕福とは言えない暮らしの中でも、工夫を凝らした食卓の様子が描かれている。

母の知恵を借りつつ目明しとして奮闘するおみくちゃんだが、事件を解決するために摩訶《まか》不思議な人物を呼び出すことがある。十手笛に宿る精霊、垣内光左衛門《かきうちひかりざえもん》だ。謎の多い人物ではあるけれど、彼の言葉には事件の「芯」をとらえる鋭利さがある。
〈「ひとの好みはまちまちだ。おのれが好きだ、というのはかまわぬが、それがすべての尺度だと思うととんだまちがいをするぞ」〉
「自分と他者は考え方が違う」、これは当たり前のはずなのに、なぜかよく忘れられてしまう気がする。物語の中でも、おみくちゃんに新たな気づきを与える言葉だった。

またある時は、善人と悪人を決めつけ、悪事を暴こうと息巻くおみくちゃんに、光左衛門はこう投げかける。

〈「おまえはどちらの家老にも会《お》うてはおらぬ。留守居役にすら対面していないのだ。どうしてこちらが悪でこちらが正義だとわかる。この世はそんなにたやすくふたつに線引きができるほどちょろいものではないぞ」〉

ある事柄や人物を「こちらが正しい、こちらが間違い」と判断するのは、重大な仕事に思えて案外簡単なことである。正しいものが分かると安心できるし、悪者を責めて謝罪してもらえば事がすんなり終わる（ように見える）。しかし、世の中にはそんなふうに割り切れないことがあるのだと光左衛門は語る。

黒とも白とも言い切れないものは、その色合いを自分の目で確かめなくてはならない。そもそも、光左衛門が語る「人に会う」機会が省かれている近頃だ。ノートパソコンを開けば初対面の人と挨拶もそこそこに会議が始まるし、インターネットの海原には見知らぬ誰かの発言や噂話《うわさばなし》やポートレイトが溢《あふ》れている。

それは便利で楽しいコミュニケーション方法である反面、会ってもいない人について「なんでも知っている」と錯覚してしまうことがあるように思う。

光左衛門の言葉を聞いて深く考え込むおみくちゃんの姿からは、昔も現代もそう変わらない人の悩みが見えてくる。

目明しが立ち向かう事件のはざまには、人間の欲望や利己心が垣間見《かいまみ》える。どんなに目を光らせ、足が棒になるまで町を見回っても、悪の芽が消え失《う》せることはない。それでもおみくちゃんは、片方のほっぺたを膨らませて飴玉を味わう子どもの顔を見て、笑みを浮かべる。

つづらの中を覗《のぞ》き込み、色とりどりの透き通った飴を眺め回すと、「これだ！」とお気に入りの一粒を選ぶ。現代から二百年もの時を遡っても、口の中で飴を転がす人の表情はそう変わらないだろう。

彼女の飴は、決して栄養豊かな食料ではない。老舗《しにせ》の和菓子屋に並ぶ高級品でもない。忙《せわ》しなかったり退屈だったり、ありきたりな一日のほんのひとときを彩るのが、おみくちゃんの飴だ。不条理な世の中で生きる人々には、そんな小さなお楽しみが何よりも必要な時がある。

篠笛を手にした若い奏者は、歌口《うたぐち》にそっと唇を寄せると、最初の一音となる息を吹き入れる。笛という楽器は全てそのように演奏されるのだろうが、奏者の息遣いがこれほど響いて音楽の一部となるものかと、人と笛が奏でる音色に強く心惹《ひ》かれた。

この物語の端々からも、息遣いが聴こえてくる。快活な、気迫に満ちた、哀切な、喜び溢れる、そんな呼吸。篠笛吹きのおみくちゃんだけではなく、大坂の町で力強く生きる人たちの呼吸だ。

最後のページをめくり終えたら、おみくちゃんたちにまた会いたくなった。夢で会えれば面白そうだが、異国の妖気をはらんだ邪悪な笛が現れてうなされたら、その時はすぐに光左衛門を呼び出してもらいたい。彼が連れてきたバクが「ハホハホハホハホ……」と私の悪夢を食べてくれたら、とっておきの飴（蜜柑《みかん》味が良いな）を口の中で転がそう。

（さはな・まこ　元宝塚歌劇団娘役）

集英社文庫

篠笛《しのぶえ》五人娘《ごにんむすめ》　十手笛《じってぶえ》おみく捕物帳《とりものちょう》　三

2024年11月25日　第1刷　　　定価はカバーに表示してあります。

著　者　田中啓文《たなかひろふみ》

発行者　樋口尚也

発行所　株式会社 集英社

東京都千代田区一ツ橋2-5-10　〒101-8050

電話　【編集部】03-3230-6095

【読者係】03-3230-6080

【販売部】03-3230-6393（書店専用）

印　刷　株式会社広済堂ネクスト

製　本　株式会社広済堂ネクスト

フォーマットデザイン　アリヤマデザインストア　　　マークデザイン　居山浩二

ISBN978-4-08-744720-0 C0193